DARK
EMPEROR

흑제

오렌 퓨전 판타지 장편소설

FUSION FANTASY STORY & ADVENTURE

4

dream
books
드림북스

흑제 4

초판 1쇄 인쇄 / 2013년 4월 8일
초판 1쇄 발행 / 2013년 4월 12일

지은이 / 오렌

발행인 / 오영배
책임편집 / 편집부
펴낸 곳 / (주)삼양출판사 · 드림북스

주소 / 서울특별시 강북구 솔샘로67길 92
대표 전화 / 02-980-2112 팩스 / 02-983-0660
편집부 전화 / 02-980-2116 팩스 / 02-983-8201
블로그 / blog.naver.com/dreambookss

등록번호 / 제9-00046호
등록일자 / 1999년 3월 11일

ISBN 978-89-542-5099-3 (04810) / 978-89-542-5095-5 (세트)

DARK EMPEROR 흑제

4

오렌 퓨전 판타지 장편소설

FUSION FANTASY STORY & ADVENTURE

dream books
드림북스

DARK EMPEROR
흑제

Contents

Chapter 1

정령의 몸에 좋은 보약

　무혼의 두 눈에서 차가운 안광이 번뜩였다. 아반은 감히 무혼의 눈빛을 마주 보지 못하고 눈을 깔았다.

　"취익! 여, 역시 그렇군요. 크게 실례했습니다."

　아반은 아쉬운 듯 입맛을 다셨다. 모처럼 야들야들한 엘프들의 살코기로 배를 채울까 잔뜩 기대했던 아반의 부하들도 실망한 기색이 역력했다.

　반면에 셀라스를 비롯한 엘프들은 안도의 한숨을 내쉬며 무혼을 향해 한없이 부드러운 눈빛을 보냈다.

　뒤로 돌아 걸어가던 아반은 문득 고개를 돌려 복잡한 눈빛으로 무혼을 쳐다봤다.

그런데 대체 저자의 정체는 뭔가? 누군데 혼자서 수십 리나 되는 엘프 노예들을 데리고 있는 건가?'

그는 무혼이 걸고 있는 붉은 신분패로부터 무혼이 적어도 천부장 이상의 상급 지휘관임을 짐작했지만, 실제로 무혼이 어떤 신분인지는 알 수 없었다.

아반은 문득 무혼의 신분을 캐 보고 싶은 충동이 불쑥 솟았다. 간혹 불량한 오크 사기꾼들 중에서 신분패를 위조하거나 혹은, 훔친 신분패로 귀족이나 상급 지휘관인 양 행동하는 녀석들이 있었기 때문이었다.

그러나 아반은 섣불리 자신의 의심을 드러내지는 않았다. 오히려 아반은 무혼을 향해 다시 거수의 예를 공손히 취했다.

"결례가 많았습니다. 그럼 저희들은 이만."

"수고들 하도록."

무혼이 고개를 끄덕이자 아반은 부하들과 함께 물러났다. 곧바로 그들은 무혼의 텐트로부터 그리 멀지 않은 곳에 막사를 치며 야영 준비를 하기 시작했다.

'흠.'

무혼은 조금 전 아반이 엘프들을 노려보며 입맛을 다시던 모습을 놓치지 않고 지켜봤다. 아반은 엘프들을 잡아먹고 싶은 욕구가 강렬해 보였다.

그러나 아반은 그러한 욕구를 자제했다. 오크 병사들도

군침을 질질 흘리며 엘프들을 쳐다봤지만, 누구 하나 아반의 지시를 어기지 않았다. 이는 오크 부대의 군기가 매우 세고, 훈련이 잘되어 있음을 증명해 주는 것이었다.

특히 무혼은 아반의 두 눈에 미심쩍어하는 기색이 어렸던 것을 놓치지 않았다. 아반은 짐짓 태연히 물러났지만 속으로는 무혼의 정체를 의심하고 있는 것이 분명해 보였다.

'제법 눈치가 빠르군. 오크들은 외모만 좀 흉측할 뿐이지 상당히 영리한 녀석들이야.'

그들을 보면 오크들이 왜 제국을 세우고 몬스터 대륙의 최강 세력을 구축했는지 충분히 이해할 수 있었다. 또한 그들 앞에 한없이 위축되어 있는 엘프들을 보니, 그들이 왜 오크들의 사냥감이나 노예로 전락했는지 대충 짐작이 갔다.

사실 무혼이 물의 정령 아르나에게 듣기로 이로이다 대륙에서 엘프들은 본래 그리 약한 종족이 아니었다. 고대에는 인간들에게 마법과 지혜를 가르치는 현자의 종족이라 불릴 정도로 그들은 현명했고, 또한 지혜로웠다고 했다.

그런 그들이 지금처럼 비굴한 신세로 전락하게 된 이유는 무엇일까?

한 인간의 성공과 실패에도 많은 이유가 있듯, 한 종족의 흥망성쇠에도 필연한 이유가 없을 리 없다. 하물며 한

때 현자의 종족이라 불리던 엘프들이 이처럼 비참한 신세가 된 것이 어찌 우연히 벌어진 일이겠는가?

물론 갑자기 오크들 중에서 크돌로르 황제라는 걸출한 영웅이 나타난 것도 이유가 될 것이다. 그로 인해 오크들이 대거 강해졌다 했으니까.

그러나 무혼이 오늘 보기에 엘프들이 이 꼴이 된 가장 큰 이유는 왠지 그들의 오만한 사고방식 때문인 듯했다.

오만(傲慢).

조금 전 셀라스나 오네트는 자신들을 가장 지혜롭고 현명한 종족이라 생각하며 몬스터인 오크들을 하등한 존재로 취급했다.

사실 과거에는 그러했을지도 모른다. 트롤 모리스의 말에 의하면 과거의 오크들은 괴력을 가진 초대형 몬스터들의 사냥감이자 먹잇감에 불과하다고 했으니까.

오크들은 오우거나 미노타우루스, 트롤과 같은 초대형 몬스터들에 시종 잡아먹히는 터라 개체 수가 크게 증가하지 못했고, 그러한 먹이 사슬의 관계는 매우 오래도록 지속되어 왔다.

또한 비록 엘프들은 초대형 몬스터들처럼 오크들을 사냥하거나 잡아먹지는 않았지만, 오크들이 넘볼 수 없는 강대한 세력을 구축했다.

따라서 당시의 오크들은 엘프들에게 전혀 위협이 되지

못했으리라.

그러나 언제부턴가 시대가 변했다. 무식했던 오크들이 지혜로워지고, 약했던 오크들이 용맹해지는 이변이 발생하기 시작했던 것이다. 급기야 오크들을 사냥하던 초대형 몬스터들이 거꾸로 오크들에게 사냥을 당하는 먹이 사슬의 역전 현상이 벌어질 정도로.

만일 그런 오크들의 변화를 엘프들이 주의 깊게 살펴보았다면, 그리고 그에 대비를 하며 자신들의 군력을 강화시켰다면 지금처럼 비참한 신세가 되지는 않았을 것이다.

그러나 엘프들은 오크들이 강해지고 있음에도 여전히 그들을 무시하고 하찮게 보았던 모양이었다. 더 이상 오크들은 무식하고 약한 존재들이 아니었지만, 지금처럼 수많은 엘프들이 오크들의 노예가 되어 있는 무력한 상황에서조차도 엘프들은 자신들의 오만함에서 벗어나지 못한 것이다.

현실을 냉정히 바라보지 못하고 그저 찬란했던 과거 속에 얽매어 있는 족속들. 그들이 바로 엘프들이었다.

그들은 이제 자신들의 자유를 지킬 힘도 없었다. 오크들의 손아귀에서 벗어나기 위해 무혼의 노예를 자청할 정도로 비굴해져 있을 뿐.

무혼은 그런 엘프들이 왠지 한심했지만, 한편으로 크게 깨닫는 바도 있었다.

'타산지석(他山之石)이라 했지. 나 또한 마찬가지다. 내가 지금의 경지에 안주하고 지금 이 상태로만 머무른다면 필경 미래에는 엘프들과 같은 비참한 신세를 면치 못할 것이다.'

스스로의 수련을 게을리 하고 과거에 안주하던 이들의 비참한 말로가 눈앞에 드러나 있으니, 이처럼 생생한 교훈을 또 어디에 가서 찾아보겠는가?

무혼은 한쪽에서 눈치를 보며 서 있는 엘프들을 냉랭한 시선으로 한 번 노려보고는 텐트 안으로 들어가 버렸다.

그렇게 무혼이 텐트 안으로 들어가자, 엘프들은 불안한 표정으로 멀리 있는 오크들을 힐끔거렸다. 오크 병사들은 아쉬워하는 표정으로 엘프들을 노려보며 자기들끼리 연신 뭐라고 중얼거렸다.

"취익! 누그쎄간사므랄!"

"취익! 오그거므랄 아드피스칼!"

순간 오크들의 말을 알아들은 엘프들은 분노한 눈빛으로 오크들을 노려봤다. 오크들은 자신들을 맛 좋은 먹잇감으로 여기고 있었다.

'으윽! 저것들이 감히!'

'가만둘 수 없어!'

엘프들 중 혈기가 왕성한 몇몇 이들은 당장이라도 달려가 싸우고 싶었지만 애써 참았다. 오크들과 싸워 봤자 승산이 전혀 없음을 알기 때문이었다. 그들은 이내 참담한 표정을 지으며 눈물을 주룩 흘리고 말았다.

'흐윽! 우리가 어쩌다 저따위 오크들의 조롱거리가 된 것일까?'

엘프들은 탄식했다. 그들은 당장이라도 이곳을 벗어나고 싶었지만 이대로 떠날 수도 없었다. 주인을 두고 노예들이 임의로 움직이는 것은 있을 수 없는 일. 그랬다간 곧바로 오크들의 의심을 받아 곤란한 상황에 처하고 말 것이다.

—모두 진정해요. 저들은 우릴 어쩌지 못해요. 아침이 되면 저들도 떠날 테니 우린 그때 움직이기로 하겠어요. 일단 치유 능력이 있는 자매들은 오네트를 회복시키는 데 집중해 주세요.

셀라스는 불안해하는 엘프들을 다독거리며 엘프 검사 오네트를 회복시키는 데 주력하고 있었다. 다른 엘프들을 안심시키느라 짐짓 입가에 잔잔한 미소를 머금고 있었지만, 사실 그녀 역시 속으로는 비참하고 굴욕적인 기분을 억누르기 힘들었다.

'엘리나이젤 님! 당신의 보호가 사라진 지금 우리 엘프들은 스스로를 지킬 힘이 없어요. 정말 슬프군요. 이대로라면 머지않아 숲의 엘프들은 모조리 세상에서 사라지고 말 거랍니다……'

사실 무혼의 예상과는 달리 엘프들의 힘이 지금처럼 쇠락하게 된 진정한 이유는 엘프들을 지켜 주던 수호 정령에게 큰 문제가 생겼기 때문이었다.

엘리나이젤.

그는 뛰어난 지식과 마법 능력을 가지고 있는 나무 정령이었다. 엘프들은 그로부터 마법을 배우고, 지식을 전수받았다.

엘프들이 살고 있는 숲의 중심에 엘리나이젤이 있었고, 숲의 모든 나무 정령들은 그의 지시를 따르며 엘프들을 보호해 주었다.

나무 정령들은 엘프들의 숲을 둘러싼 방대한 보호의 결계를 펼쳤고, 그로 인해 엘프들이 있는 숲은 오크들뿐 아니라 초대형 몬스터들도 들어오지 못하는 신비의 장소가 되었다.

누구든 엘리나이젤의 허락이 없으면 엘프들의 모습을 볼 수조차 없었다. 엘프들은 강력한 보호의 결계 속에서 오래도록 평화롭게 지냈다.

그런데 갑자기 엘프들에게 크나큰 불행이 찾아왔다. 난데없이 나타난 사악한 마족들에 의해 엘리나이젤이 제압당했고, 그 후로 그는 더 이상 엘프들을 보호할 수가 없었다.

당시 엘리나이젤을 따르던 숲의 나무 정령들은 공포와

두려움에 휩싸여 모두 뿔뿔이 흩어져 달아나 버렸다. 숲의 보호 결계는 깨졌고, 그 후 엘프들은 오크들의 사냥감으로 전락했다.

사실 본래라면 아무리 보호 결계가 깨졌다 해도 엘프들이 그토록 무력하게 오크들에게 당하지는 않았을 것이다. 엘프들 중에도 뛰어난 무력과 마법을 지닌 장로들이 적지 않게 존재하기 때문이다.

그러나 그들은 엘리나이젤을 지키기 위해 마족들과 싸우다 대부분 죽음을 당하고 말았다. 수석장로이던 셀라스의 조부도 그때 죽었다. 그 후로 그녀의 부친과 모친은 오크들에게 죽었다.

'차라리 나도 죽고 싶어. 이대로라면 희망이 없잖아. 나 역시 머지않아 오크들의 노예가 되거나 그들에게 잡아먹히고 말 거야.'

그러나 셀라스는 그러한 심정을 내색할 수는 없었다. 현재 셀라스는 오네트와 더불어 엘프들이 가장 의지하고 따르는 엘프의 지도자 중 하나였으니까.

그녀는 이를 악물며 주먹을 불끈 쥐었다.

'힘을 내야 돼, 셀라스. 나까지 절망하면 끝장이야. 모두가 날 믿고 있잖아.'

그런 그녀를 오크 백부장 아반이 멀리서 날카롭게 쏘아보고 있었다.

'역시 아무리 봐도 뭔가 이상해. 저 엘프들은 그다지 노예다운 구석이 안 보인다.'

엘프들의 자존심이 무척 강하다는 것을 아반이 모를 리없다. 그러나 그것은 노예가 되기 전의 일일 뿐, 일단 노예가 되고 나면 그러한 자존심은 온데간데없이 사라지고 만다.

오크 사회에서 복종하지 않은 노예는 길들이기보다는 잡아먹어 버리는 경우가 흔했다. 따라서 살아남기 위해서라도 엘프 노예들은 비굴해져야 했고 고분고분해져야 했다.

그런데 아반의 눈에 셀라스를 비롯한 수십여 명의 엘프들은 엘프 특유의 오만한 눈빛이 새파랗게 살아 있었다. 불안에 떠는 가운데서도 도도함이 배어 있는 모습은 결코 노예로서는 보여 줄 수 없는 것이었다.

'분명해. 저 엘프들은 절대 노예가 아니다. 그런데 왜 그자는 저것들을 자신의 노예라고 말했는지 모르겠군.'

여러 가지 생각들을 떠올려 봤지만 아반은 딱히 합당한 이유를 짐작하기 힘들었다. 확실한 것은 그가 노예가 아닌 엘프들을 비호해 주고 있다는 것이었다.

'어쩌면 엘프들과 내통하고 있는 게 아닐까? 생각할수록 왠지 그자의 정체가 수상하군.'

그렇다고 아반은 섣불리 부하들을 움직이지 않았다. 그

자의 실력이 매우 대단하다는 것을 간파했기 때문이었다. 물론 작정하고 나서면 그자를 제압하는 건 가능하겠지만 그 와중에 적지 않은 아군 희생자가 나올 수도 있기에 신중한 판단이 필요했다.

아반은 경솔하게 그자를 자극하기보다 상급 부대의 지휘관에게 이 사실을 보고해 도움을 받을 생각으로 급히 서신을 작성했다.

잠시 후 아반은 부하들 중 발이 빠른 녀석을 불렀다.

"너는 이 서신을 켈쿰의 아빼드 라칸 님께 전해라."

"취익! 맡겨 주십시오."

오크 병사는 아반의 서신을 허리춤에 꽉 묶어 매달고는 빠르게 달렸다. 목적지는 동쪽에 위치한 도시 켈쿰이었다.

"취익!"

오크 병사는 어두운 숲길을 달리다 잠시 숨이 차서 멈춰 섰다. 숨을 고르고 다시 달리려던 그는 돌연 하품을 했다.

"취, 취익! 하암! 왜 이렇게 졸리냐?"

오크 병사는 갑자기 졸음이 거센 광풍처럼 몰아쳐 오자 참기 힘든 듯 몸을 비틀거리더니 이내 푹 쓰러졌다. 그러고는 코를 드르렁거리며 곯아떨어져 버렸다.

'홋. 제대로 잠이 들었어.'

오크 병사의 앞에 흐릿한 그림자가 나타났다. 다름 아닌 바람의 정령 실피였다. 그녀는 수면의 바람을 일으켜 오크를 잠들게 한 후 오크의 허리춤에서 서신을 빼냈다. 곧바로 그녀는 무혼에게 돌아와 그것을 내밀었다.

"놈이 이것을 갖고 있었어요, 마스터."

"생각보다 빠르게 처리했구나."

"호호! 제가 비록 하급 정령이지만 오크 병사 하나쯤 요리하는 건 어려운 일이 아니랍니다. 앞으로도 이런 임무라면 언제든 맡겨 주셔요."

실피는 자신이 이 임무를 성공적으로 완수한 것이 기쁜지 신이 나 있었다. 무혼은 고개를 끄덕이며 서신을 읽어보았다.

……숲의 야영장에서 수상한 이를 발견했습니다. 그자는 숲의 엘프들과 내통하고 있는 것이 분명합니다. 즉시 지원을 요청합니다.

무혼은 피식 웃었다.

'지원군이 온다면 날 이길 수 있다 생각하는 건가?'

조금 전 무혼은 오크 병사 하나가 갑자기 동쪽으로 달려가는 기척을 파악했고, 곧바로 실피에게 임무를 부여했다. 실피가 그 정도는 할 수 있다 생각해서 시킨 일이었는데, 예상대로 실피는 아주 간단하게 오크를 제압하고 서신을 확보했다.

애초의 예상대로 아반은 무혼의 정체를 의심하고 있었다. 혹시 변신에 문제가 있는 것일까? 그보다는 아마도 엘프들 때문일 것이다. 혼자서 수십 명도 넘는 엘프 노예들을 데리고 다니는 모습은 오크 사회에서 결코 흔하게 보기 힘든 기이한 광경일 테니까.

화륵.

무혼은 서신을 태워 버렸다.

'이걸로 더 이상 귀찮은 일이 벌어지지 않으면 좋을 텐데.'

서신을 태워 버리긴 했지만 백부장 아반이 의심을 거두지 않는 한 비슷한 상황이 또 벌어질 수도 있었다.

그런 귀찮은 상황을 피하는 가장 손쉬운 방법은 무혼이 지금 당장 이곳을 떠나는 것이었다. 엘프들을 지켜 주겠다는 약속을 한 것도 아니었고, 그저 그들을 자신의 노예라고 말해 달라는 간청에 한 번 응했을 뿐이었으니까.

"마스터! 드릴 말씀이 있는데 들어가도 될까요?"

그때 셀라스가 무혼의 텐트 밖에서 조심스레 외쳤다. 그녀는 무혼을 향해 마스터라 칭하고 있었다. 멀리서 오크들이 듣고 있으니 실제로 노예인 척하는 듯했다.

"들어와라."

그러자 셀라스가 텐트의 문을 밀치고 안으로 들어왔다. 무혼이 무슨 일이냐는 듯 쳐다보자 셀라스는 다가와 정중하게 허리를 숙여 인사를 하고는 나직하게 말했다.

"고맙다는 인사를 드리러 왔어요. 당신이 아니었다면 우린 큰 곤란을 당했을 거예요. 오늘의 은혜는 잊지 않을 게요."

"별거 아니니 신경 쓰지 마시오. 그렇지 않아도 할 말이 있었는데 마침 잘됐군."

"제게 하실 말씀이 있나요?"

"오크들은 당신들이 나의 노예라는 사실을 의심하고 있소. 조금 전에는 상급 부대에 지원군을 요청하는 서신을 보내기도 했지."

"그게 정말인가요?"

셀라스의 안색이 창백하게 변했다. 무혼은 담담히 말했다.

"일단 그 서신을 빼앗아 태워 버렸으니 지금 당장은 별일이 생기지 않을 것이오. 하지만 문제는 백부장 아반이요. 그가 날 의심하고 있으니 당신들을 순순히 보내 주지 않을 가능성이 높소. 어쩌면 당신들의 뒤를 추적할 수도 있소."

"큰일이군요."

"난 아침이 되면 이곳을 떠날 생각이오만 당신들은 저 오크 군인들을 피할 방법이 있소?"

"없어요."

셸라스는 힘없이 고개를 흔들었다. 만일 무혼의 말대로 오크들이 의심을 하고 있다면 엘프들을 끝까지 추적해 올 것이다. 엘프들 모두가 그들의 추적을 따돌리며 무사히 은신처로 돌아가기란 불가능했다. 그녀는 무혼의 눈을 지그시 쳐다보며 말했다.

"염치없는 부탁이지만 도와주세요. 당신이 이대로 떠나버리면 저희들은 오크들을 피해 살아날 방법이 없어요."

"나 역시 오크인데, 내게 그런 부탁을 하다니 좀 우습지 않소?"

그 말에 셸라스는 잠시 멍한 표정을 지었다. 확실히 그녀 스스로 생각해도 뭔가 이상하긴 했다. 엘프를 먹잇감으로 여기는 사악한 몬스터인 오크에게, 그것도 다른 오크들로부터의 위협을 피하기 위해 부탁을 한다는 것은 무척 황당한 일이었다.

"제 말이 우습겠지만 당신은 확실히 다른 오크들과는 뭔가 다른 것 같아요. 모든 오크가 당신과 같다면 얼마나 좋을까요? 오늘 제가 살아남게 된다면 이후로 오크를 더 이상 우리 엘프보다 하등한 존재로 생각하지 않을 거예요."

무혼은 피식 웃었다.

"하지만 당신들을 보호하는 건 내게 무척 번거로운 일이오. 내가 왜 그런 일을 해야 하지?"

"거저 부탁드릴 수는 없겠죠. 작게나마 보답을 하려 합니다."

"보답이라? 당신들의 처지를 보니 내게 뭔가를 줄 만큼 넉넉한 형편은 아닌 것 같은데?"

"넉넉하진 않지만 드릴 건 있어요."

셀라스는 주머니에서 뭔가를 꺼냈다. 자줏빛으로 반짝이는, 마치 이슬처럼 투명한 돌이었다. 그녀는 그것을 무혼에게 건넸다.

"받으세요."

"이게 뭐요?"

"정령석이에요. 오크인 당신에게는 필요 없는 물건이지만, 아마도 당신과 계약한 정령에게는 꽤 기쁜 선물일 거예요."

그러자 무혼은 힐끗 고개를 돌려 뒤쪽을 쳐다봤다. 과연 셀라스의 말대로 바람의 정령 실피가 두 눈을 휘둥그레 뜨고 서 있었다. 무혼이 물었다.

"실피, 이걸 먹고 싶으냐?"

"당연히 먹고 싶지만 제가 그걸 먹으면 마스터께서 무척 번거로운 일을 하셔야 하겠죠. 그러니 그냥 참을래요."

실피는 철든 미소를 활짝 지으며 의젓하게 대답했다. 무혼은 씩 웃었다.

"제법 기특한 생각을 하는구나. 네 생각이 그렇다면 어쩔 수 없지. 나 역시 굳이 번거로운 일을 맡고 싶지는 않다."

그런데 실피가 돌연 한없이 불쌍한 표정을 지으며 말했다.

"그러고 보니 저는 정령이 된 이래 천 년이 넘도록 정령석 한 개도 먹어 보지 못한 정말 불쌍한 정령이군요. 하지만 아무리 그래도 마스터를 번거롭게 해 드릴 순 없어요."

무혼은 짐짓 실피의 처량한 표정을 못 본 체하며 말했다.

"고맙구나. 사실 난 좀 귀찮긴 해도 네가 정 원하면 정령석을 하나쯤 맛보여 줄까 했는데, 네가 괜찮다고 하니 굳이 그럴 필요는 없겠지."

그러자 실피가 금세라도 울 것 같은 표정으로 말했다.

"아아, 정령석은 대체 무슨 맛일까요? 아마 저처럼 복 없는 하급 정령에게는 평생 가도 귀한 정령석을 맛볼 행운은 주어지지 않겠죠?"

"이건 보기에 제법 예쁘긴 하지만 그래도 돌일 뿐이다. 특별히 맛이 있어 보이지는 않는구나."

그러자 이번에는 앞에서 초조한 표정으로 무혼과 실피의 대화를 듣고 있던 셀라스가 말했다.

"혹시 들어 보셨나요? 정령석은 맛이 아주 기막히다고 해요. 게다가 몸에도 아주 좋은 특급 보약이랍니다."

"특급 보약?"

셀라스는 미소 지었다.

"정령의 몸에 최고 좋은 보약이죠. 아마 당신의 정령은 그 정령석 하나만으로도 중급 정령이 될 수 있을 걸요?"

무혼의 눈에 이채가 일었다.

"흠. 그렇다면 조금 번거롭다 해도 먹여야겠군. 데리고 다니는 정령이 너무 약해도 문제라."

그 말에 실피의 안색이 환해졌다.

"제가 중급 정령이 되면 마스터께 여러 모로 도움이 될 수 있어요. 속도도 빨라지고 전투력도 강해지거든요."

무혼은 즉시 실피에게 정령석을 내밀었다.

"옜다! 먹고 강해져라. 어디 가서 맞고 다니는 꼴을 보고 싶지 않으니."

"정말 고맙습니다."

실피는 감동한 표정으로 정령석을 받았고 곧바로 입에 넣었다. 정령석이 실피의 입으로 들어가는 순간 사라지며 눈부신 빛을 내뿜었다. 실피의 몸에서 환한 광휘가 일어났다.

잠시 후 실피의 모습은 좀 전에 비해 훨씬 선명해져 있었다. 물론 여전히 투명화 상태의 정령체임에는 변함이 없지만, 무혼의 눈에 비친 그녀의 모습은 이전에 비해 눈에 띄게 활력이 넘쳐 보였다. 왠지 모습도 더욱 아름다워진 것 같았다.

"마스터 덕분에 중급 정령이 되었어요. 앞으로 더욱 성심을 다해 마스터를 따르겠어요."

외모뿐 아니라 눈빛과 음성도 변했다. 하급 정령일 때에 비해 눈빛은 침착해졌고 음성도 뭔가 차분해져 있었다.

실피는 무혼에게 허리를 숙여 공손히 말하고는 힐끗 고개를 돌려 셀라스를 쳐다보며 호감이 담긴 미소를 보냈다. 그녀로서는 무혼을 설득해 준 셀라스에게 고마움을 느끼지 않을 수 없었다.

'고마워, 셀라스.'

실피는 자신의 마음을 눈빛에 담아 보냈다. 셀라스는 즉시 미소하며 눈빛으로 대답했다.

'고맙긴. 뭘 이 정도로.'

실피가 셀라스에게 고마움을 느낀 것 못지않게, 셀라스 역시 실피에게 고마움을 느꼈다. 무혼의 곁에 실피라는 하급 정령이 없었다면 셀라스는 정령석을 통해 무혼을 설득하기 불가능했을 테니까.

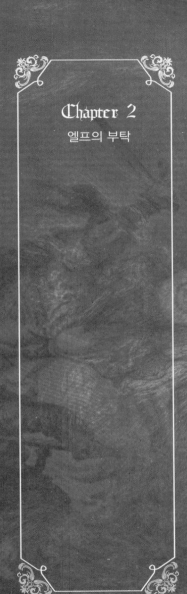

Chapter 2
엘프의 부탁

숲의 새벽이 밝아왔다. 부하들에게 은밀히 결전 준비를 시킨 채 지원군이 도착하기를 기다리고 있던 백부장 아반은 새벽이 훤히 밝을 때까지 지원군이 도착하지 않자 의아함을 느꼈다.

'이상하군. 지금쯤 라칸 님의 지원군이 도착할 때가 되었는데, 어떻게 된 건가?'

아반은 서신을 전하러 가던 부하가 바람의 정령이 펼친 수면 마법에 곯아떨어져 있는 줄은 상상도 하지 못했다. 그러다 보니 그는 엘프들이 떠날 준비를 하는 모습을 보자 마음이 조급해지기 시작했다. 무혼과 엘프들이 이대로 떠나 버릴까 싶어서였다.

'어쩔 수 없이 우리끼리 작전을 펼쳐야겠다.'

아반은 결국 부하들과 함께 엘프들을 향해 다가갔다. 그때 마침 무혼은 텐트 바깥으로 나와 기지개를 켜고 있다가 아반과 그의 부하들이 험악한 기세를 풍기며 몰려오는 것을 보고는 물었다.

"뭔가? 새벽부터 내게 볼일이 있나?"

그러자 아반은 정중히 거수의 예를 올리고는 차갑게 말했다.

"정말 큰 결례가 되는 것은 아오나 이 엘프들이 정말로 당신의 노예인지 알고 싶습니다."

"어제 분명 이들이 내 노예가 맞다고 한 것 같은데? 혹시 지금 날 의심하는 건가?"

아반의 입가에 비릿하면서도 의미심장한 미소가 맺혔다.

"제가 확신컨대 여기 있는 엘프들은 절대 당신의 노예가 아닙니다. 노예라면 저리 목이 꼿꼿하지 않지요."

"노예라고 다 고분고분하진 않지. 세상엔 목이 꼿꼿한 노예도 있는 법이야."

"물론 그럴 수도 있겠지요. 그럼 당신의 신분만 확실하다면 저는 물러나겠습니다. 우선 당신의 이름과 출신 지역을 말해 주십시오."

"꼭 그런 일을 해야 되나?"

"그래야 제가 당신을 의심하지 않을 것입니다."

"만일 내가 하지 않겠다면?"

그러자 아반의 눈매가 매서워졌다.

"그땐 어쩔 수 없이 제가 결례를 범할 수밖에요. 그 잘생긴 얼굴 가죽 뒤에 뭐가 있는지 확인해 봐야겠습니다."

순간 무혼은 싸늘히 웃었다.

"내 안피(顔皮)를 벗겨보기라도 할 심산이군."

"저는 그런 일에 아주 능숙하지요."

단검을 손에 쥐고 혀를 날름거리는 아반의 두 눈이 독사처럼 사납게 번뜩였다. 짐짓 무혼을 협박하려는 의도였지만, 그것이 무혼에게는 가소롭기 그지없었다.

"그만두지 그래. 내게 도전하는 건 매우 위험한 일이야."

그러자 아반은 돌연 크게 웃으며 무혼을 노려봤다.

"취익! 당신은 분명 강하다. 하지만 당신 혼자 나와 내 부하들을 모두 상대할 순 없어."

"지금이라도 물러난다면 없었던 일로 해 주지. 후회할 짓 하지 말고 물러가라."

"닥쳐! 넌 대체 누구냐? 저 천박한 엘프들과 무슨 꿍꿍이를 벌이고 있는 것이냐? 순순히 정체를 밝히지 않으면 얼굴 껍질뿐 아니라 전신의 껍질을 몽땅 벗겨 내 버리겠

다."

"전신의 껍질을 모조리 벗겨 낸다? 그럼 고통이 무척 심하겠군."

아반은 키득거리며 고개를 끄덕였다.

"네가 하기에 따라 그만큼 고통은 줄어들 거야. 엎드려 빈다면 적당히 매질 정도로 넘어갈 수도 있지. 겁이 난다면 당장 무릎을 꿇도록 해라. 살고 싶다면 말이야. 큭큭큭!"

무혼은 짤막하게 한숨을 내쉬었다. 사실 무혼은 아무리 몬스터인 오크들이라지만 꼭 그래야 할 이유가 아니라면 굳이 손을 보고 싶지 않았다. 무작정 기분 나쁘다고 화풀이를 한다면 자신 역시 사악한 마왕과 다를 바가 무엇이 있겠는가.

그러나 그렇게 봐주는 것도 한계가 있다. 충분히 기회를 주었는데도 알아듣지 못한다면 마땅히 징계를 해야 하리라. 방자한 이들에게 무한정의 자비를 베풀고 싶은 생각은 없으니까.

"네 어리석음의 대가를 치르게 해 주지."

무혼은 아반을 향해 섬뜩한 살기를 쏘아 보냈다. 무혼의 이 살기는 트레네 숲의 초대형 몬스터들은 물론이고, 심지어 인페르노의 특급 어새신들도 간이 오그라들게 만들만큼 무서운 위력을 발휘했던 터라 한낱 오크 백부장에 불과한 아반이 감당할 수 있는 것이 아니었다.

"취익! 으으어!"

아반은 무혼의 착 가라앉은 눈빛을 접하는 순간 자신의 몸이 수백 조각으로 쪼개지는 듯한 끔찍한 환상을 맛보았다.

"취, 취익!"

몸서리쳐지는 그 공포는 아반의 부하들에게도 엄습했다. 모두들 두려움에 젖어 덜덜 떨기만 할 뿐, 그들 중 누구도 감히 무혼을 향해 공격을 하겠다는 생각은 하지 못했다.

"아까의 기세는 어디가고 두려워 떨기만 하는 건가?"

무혼이 성큼 걸음을 내딛는 순간 아반은 머릿속이 하얗게 비는 것 같은 극도의 두려움에 황급히 달아나려 했다. 그러나 달아난다는 것은 그저 그의 생각일 뿐이었다.

퍽!

갑자기 가죽 터지는 듯한 소리와 함께 아반의 몸이 허공으로 붕 떠올랐다. 무혼이 바람처럼 달려가 발로 아반의 몸을 차올린 것이었다.

퍼퍽!

곧바로 아래로 추락하는 아반의 몸에 무혼이 날린 정권이 무더기로 작렬했다.

퍽! 퍼퍼퍽!

연거푸 날아가는 정권 공격에 의해 아반의 몸은 바닥에서 반 장 정도 떠 있는 상태로 더 이상 추락하지 않았다. 그러한 기이한 광경에 오크 병사들뿐 아니라 엘프들도 입을 쩍 벌렸다.

그러나 그것은 아반에게는 그야말로 지옥과 같은 끔찍한 고통의 시간이었다.

"꾸어어어억!"

아반은 온몸이 터져 나가는 듯한 고통에 비명을 질렀다. 아반의 몸이 바닥에 가까워지면 발로 차올렸다가 다시 정권을 날리기를 반복하는 무혼의 모습은 마치 지옥의 악귀를 방불케 했다.

퍼퍼퍼퍽!

"꾸아아아아악!"

무혼은 몇 번이고 더 연격을 퍼부은 후에야 공격을 멈췄다.

아반은 만신창이가 된 상태로 바닥에 추락했다. 그야말로 전신이 성한 데가 하나도 없었고, 얼굴은 벌에 쏘인 듯퉁퉁 부어 거의 두 배로 커져 있었다.

그러나 사실 겉의 처참한 상태와 달리 아반의 내부는 비교적 멀쩡했다. 무혼이 짐짓 겁을 주려고 무자비한 공격을 하는 척했을 뿐 아반의 내장은 가급적 상하지 않도록 했기 때문이다.

그렇다 해도 전신이 퉁퉁 부어오른 만큼 아반의 고통은 끔찍한 것이었다.

"끄어어어어……."

아반은 고통을 이기지 못하고 곧바로 기절했다. 무혼은 덜덜 떨고 있는 아반의 부하들을 싸늘히 노려보며 물었다.

"또 벌을 받고 싶은 간 큰 놈이 있으면 나서 봐라."

"취익! 사, 살려 주십시오."

오크들은 넙죽 엎드렸다. 그들은 조금 전 아반이 당하는 광경을 보며 몸서리를 쳤다. 오줌을 지린 오크들도 있었다. 그들 중 누구도 아반과 같은 꼴을 당하고 싶은 마음은 없었다.

무혼은 그런 오크들을 향해 큰소리로 말했다.

"나는 멀리 동쪽 끝에서 왔다. 너희 미개한 녀석들과 비교할 수 없는 위대한 종족. 이쯤 되면 너희들은 내가 누군지 짐작하겠느냐?"

'동쪽 끝의 위대한 종족이라면?'

무혼의 말에 오크들은 흠칫 몸을 떨었다. 무혼의 말에서 무혼의 정체가 무엇인지 그들이 은연중 느낄 수 있었던 것이다. 그들은 두려움에 정신이 아득해졌다.

'취익! 저자는 분명 드래곤이다. 드래곤이지만 오크로 변신하고 있었던 거야.'

'취익! 저자는 드래곤이 틀림없어. 그렇지 않다면 저와

같은 말을 할 리가 없다.'

사실 무혼이 일부러 드래곤인 척 연기를 한 것뿐이지만 오크 병사들은 패닉 상태에 젖어 더욱 얼어붙었다. 그들은 방금 무혼이 보여 준 엄청난 무위 앞에 압도된 상태였기에 무혼의 연기는 완벽하게 통했다.

"난 번거로운 일을 무척 싫어하지. 따라서 오늘 일에 대해 이후로 누구도 언급하는 것을 원하지 않는다. 만일 누구라도 오늘 일에 대해 발설한다면…… 대륙 끝까지라도 쫓아가서 이렇게 만들어 준다."

무혼은 싸늘한 음성으로 말을 마친 후 손에 쥐고 있던 롱소드를 앞으로 집어던졌다.

쒸이이이—

롱소드는 엎드린 오크들의 등 위를 바람처럼 날아가 멀리 커다란 바위에 박혔다. 검에 내기를 주입해 폭발시키는 전마폭(戰魔爆)이 펼쳐지자 바위에 곧바로 균열이 일었다.

콰아아앙!

엄청난 굉음과 함께 거대한 바위가 산산조각 나는 가공할 광경은 그야말로 장관이었지만 그것을 지켜본 오크 병사들에게는 마치 세상이 끝장나는 듯한 경이적인 두려움을 안겨 주었다. 오크들은 바닥에 머리를 박으며 자비를 구했다.

"취익! 제, 제발 용서해 주십시오."

"취익! 저…… 절대로 오늘 일을 발설하지 않겠습니다요."

오크들 뿐 아니라 엘프들도 기겁하며 엎드렸다. 그들 역시 무혼이 드래곤이라는 생각에 혼비백산한 상태였다. 그들은 오늘 일을 무덤에 들어갈 때까지 함구할 것이다.

그 모습을 본 무혼은 속으로 미소 지었다.

'드래곤인 척하는 건 확실히 효과가 끝내주는군. 귀찮은 일을 피하려면 역시 이 방법이 최고인가? 진짜 드래곤들이 이 꼴을 보면 우습겠지만 종종 써먹을 만하겠어.'

굳이 피를 보지 않고도 오크들을 굴종시킬 수 있는 최고의 방법은 드래곤인 척 연기를 하는 것이다. 물론 그것도 무혼의 능력이 드래곤을 능가하기에 보여 줄 수 있는 것이겠지만.

잠시 후 오크들은 백부장 아반을 둘러업고 멀리 사라졌다. 무혼은 여전히 두려워 떨고 있는 셀라스 등을 향해 쓴웃음을 지으며 말했다.

"날 두려워할 것 없소. 난 당신 엘프들을 해칠 생각이 없으니까. 어쨌든 약속대로 오크들로부터 당신들을 지켜주었으니 이제 난 그만 갈 길을 가보도록 하겠소."

그러자 셀라스가 놀라더니 다급히 외쳤다.

"자, 잠깐만요!"

"내게 또 무슨 볼일이 있소?"

셀라스의 표정에는 여전히 두려움이 가득했다. 조금 전 무혼의 연기로 인해 그를 드래곤으로 알고 있기 때문이었다.

그녀는 간신히 용기를 내며 말했다.

"저흰 당신께서 드래곤이신 줄 몰랐어요. 결례를 용서해 주세요."

"귀찮은 일을 피하기 위해 짐짓 드래곤인 척한 것뿐이지 난 드래곤 따위가 아니니까 신경 쓰지 마시오."

무혼의 말에 셀라스는 멍해졌다. 그녀는 무혼이 드래곤이 아니라는 말에 놀랐고, 그런 그가 드래곤을 사칭했다는 것에 다시 놀랐다. 그러나 가장 크게 놀란 것은 무혼의 입에서 드래곤 '따위' 라는 말이 나온 것 때문이었다.

따위라는 말은 보통 자신보다 하잘것없는 존재들을 낮춰 부를 때 쓰는 말 아닌가? 대체 누가 있어 드래곤을 따위라 말할 수 있을까? 드래곤보다 우월하거나 최소한 그와 비슷한 존재가 아니라면 할 수 없는 말이었다.

셀라스는 혼란스러운 눈빛으로 무혼을 쳐다봤다.

"당신은 대체 누구죠?"

"보는 대로 난 오크요."

"천만에요. 당신은 절대 오크일 리 없어요. 드래곤이라면 모를까?"

"왜 그렇게 생각하지? 단순히 내가 강하기 때문에?"

"그런 것도 있고 또한 그냥 저의 느낌도 있어요."

"느낌?"

순간 셀라스의 양 볼이 살짝 붉어졌다. 사실 그녀의 그 느낌은 오크인 무혼이 너무 잘생겼다는 데에서 오는 괴리감에 기인한 바가 컸다. 엘프인 셀라스의 가슴이 두근거릴 정도로 멋진 외모의 오크라니. 이는 절대 정상적인 일은 아니었다.

물론 셀라스는 그러한 심정을 그대로 말할 수는 없어서 슬쩍 돌려 얘기했다.

"당신은 겉모습만 오크일 뿐 사고방식 자체가 완전 달라요. 결코 오크로 여겨지지 않는다는 말이죠. 솔직히 말씀해 주세요. 당신은 대체 누구죠?"

"내가 그걸 굳이 대답해 줄 이유는 없소."

무혼은 엘프들에게 자신이 인간임을 굳이 알려 줄 이유를 느끼지 못했다. 곧바로 돌아서서 가려는 무혼의 앞을 셀라스가 막으며 외쳤다.

"당신은 혹시 엘프들이 왜 이렇게 약해졌는지 알고 있나요?"

무혼은 시큰둥이 대답했다.

"엘프들이 약한 건 수련을 하지 않았기 때문 아니겠소? 갑자기 그건 왜 묻는 거요?"

셀라스는 고개를 끄덕였다.

"물론 당신 말이 맞아요. 저희들이 수련을 게을리 하지 않았다면 오크들에게 이토록 무력하게 당하진 않았을 거예요. 하지만 그보다 근본적인 이유는 수호 정령 엘리나이젤 님께서 마족들에게 패했기 때문이죠."

무혼은 내심 놀랐다. 엘프들에게 수호 정령이 있다는 말은 아르나에게 얼핏 들어 알고 있었다. 그런데 그 수호 정령이 마족들에게 패했고, 그로 인해 엘프들의 힘이 대부분 상실되었다는 사실은 전혀 뜻밖이었다.

"지금 마족이라 했소?"

"그래요. 마족. 그것도 무려 셋이나 나타났다고 했죠. 그들에게 엘리나이젤 님이 당하지 않으셨다면 오늘날 우리 엘프들이 오크들에게 이토록 무력하게 핍박당하는 일은 없었을 거예요."

셀라스의 표정은 비탄으로 가득 차 있었다. 그녀뿐 아니라 뒤에서 그녀와 무혼을 번갈아 쳐다보는 엘프들의 표정도 비탄 그 자체였다.

"듣고 보니 그 일은 무척 안된 일 같군. 그런데 그걸 왜 내게 말하는 것이오? 혹시 복수라도 해 달라는 것이오?"

무혼은 셀라스가 자신에게 그 일을 얘기한 이유가 궁금했다. 셀라스는 기다렸다는 듯 입을 열었다.

"염치없지만 한 가지 부탁을 드리고 싶어요. 당신은 드래곤이니 부디 드래곤 로드를 설득해 엘리나이젤 님을 구속하고 있는 마족들을 쓰러뜨려 주세요. 마족들이 사라지면 엘리나이젤 님은 금방 힘을 되찾을 거예요."

"그가 죽지 않았다는 건가?"

"그분은 마족들의 결계에 갇힌 채 고통을 받고 있어요. 예전에 당신들의 친구였던 그분을 계속 모른 체하실 건가요?"

셀라스는 여전히 무혼을 드래곤으로 생각하고 있었고, 무혼이 드래곤 로드를 설득해 마족들을 물리쳐 주기를 간절히 바라고 있었다. 무혼이 스스로를 드래곤이 아니라 말했지만 믿지 않았다.

그런데 수호 정령인 엘리나이젤이 드래곤들과 친구 사이라는 것은 의외의 사실이었다.

"그가 드래곤들의 친구였다면 당신은 왜 진작 다른 드래곤들을 찾아가 그를 구해 달라고 부탁해 보지 않았소?"

마족이 비록 강하다 하나 드래곤들의 능력이 그들보다 한 수 위라는 것은 무혼도 아르나에게 들어 알고 있었다. 따라서 드래곤들이 나섰다면 마족들은 물러갔을 것이고 엘프들은 지금처럼 비참한 처지에 놓이지 않아도 되었을 것이 아닌가?

그런데 무혼의 질문에 오히려 셀라스가 어이없는 표정을 짓는 것이었다.

"지난 백 년 동안 수도 없이 저희 엘프들은 당신들을 찾아 도움을 요청했어요. 그러나 드래곤 로드 푸르카 님이 마족의 일에 드래곤은 절대 개입하지 않겠다 말하셨음을 잊으셨나요?"

무혼은 싸늘히 고개를 흔들었다.

"다시 말하지만 난 드래곤이 아니오. 내가 정말 드래곤이라면 굳이 지금 그 사실을 숨길 이유가 없겠지. 그보다 드래곤 로드가 그런 말을 했다니 정말 이상한 일이군."

드래곤이 마족의 일에 개입을 하지 않는다니, 그렇다면 드래곤과 마족 간 불가침 협정이라도 맺었다는 얘기인가? 무혼은 내심 어이가 없었다.

'사악한 마족들이 이로이다 대륙 도처에 우글거리고 있는 사실을 훤히 알고 있으면서도 드래곤들은 그걸 그냥 방관하고 있었다?'

아니면 드래곤들이 마족들과 결탁해 이로이다 대륙을 마왕에게 바치기로 작정을 한 것일까? 드래곤들을 찾아가 차원의 보주를 얻어야 하는 무혼으로서는 왠지 불길한 느낌에 기분이 착 가라앉았다.

그때 셀라스가 절망이 가득한 표정으로 비틀거리며 말했다.

"정말 죄송합니다. 당신이 드래곤이 아니라니…… 그렇다면 제가 큰 실례를 했군요. 저로서는 당신이 드래곤이라면 혹시라도 엘리나이젤 님을 구할 방도가 있으리라는 생각에 잠시 기대를 품어 보았습니다."

"그렇다고 그렇게 맥 빠진 표정을 지을 것까지야 있소?"

"어딜 봐도 희망이 없는 걸요."

"난 비록 드래곤은 아니지만 마족들을 작살내는 데는 제법 자신이 있소."

순간 셀라스를 비롯한 엘프들 모두의 눈이 휘둥그레 커졌다. 그러나 이내 모두 불신이 가득한 눈빛으로 변했다. 마족들을 해치우는 데 자신이 있다는 무혼의 말이 허무맹랑하게 들렸기 때문이다. 셀라스가 탄식하며 말했다.

"당신이 정말 대단한 능력을 가진 오크임은 알고 있지만, 마족들의 강함은 상상을 초월해요. 드래곤이 아니라면 그들과 맞서는 것 자체가 불가능하죠."

"오크라고 다 같은 오크가 아니요. 이 넓은 세상엔 마족을 파리 잡듯 하는 오크도 있는 법이지."

마족을 파리 잡듯 할 수 있다는 말에 엘프들의 입이 쩍 벌어졌다. 셀라스는 기막히다 못해 황당하다는 표정으로 무혼을 노려봤다.

"너무하는군요. 자신의 일이 아니라고 우릴 놀릴 생각인가요?"

그러자 무혼의 뒤에 있던 실피가 셀라스를 쳐다보며 마음을 급히 전했다.

'셀라스, 마스터의 맘이 변하기 전에 어서 부탁을 하는 게 좋을걸. 후회하고 싶지 않다면.'

'실피! 네 말은 저분이 정말 마족을 이길 능력이 있다는 거야?'

'당연하지. 믿기 싫음 말고. 어쨌든 난 이걸로 네게 입은 은혜는 갚은 거야.'

셀라스 덕분에 정령석을 취할 수 있었던 실피는 그녀가 할 수 있는 나름의 보상을 이런 식으로 해 주었다. 곧바로 셀라스는 뛰는 가슴을 진정시키며 황급히 외쳤다.

"당신이 만일 마족들을 물리쳐 준다면, 저를 비롯해 이곳에 있는 모든 엘프들은 당신이 원하는 무엇이든 할 것입니다. 목숨을 원한다면 목숨이라도 바치겠어요."

"됐소. 다른 건 대가를 받아도 마족 놈들을 해치우는 데는 대가를 받지 않겠소."

마족들을 해치우면 그들의 진원마기를 흡수할 수 있으니 무혼으로서는 다른 보상에 굳이 집착할 이유가 없었다. 오히려 마족들이 있는 곳을 알려 준다면 그것이 고마울 뿐.

또한 어차피 유레아즈 마왕과 전쟁 중이니 그의 부하 마족들을 하나라도 더 해치울수록 무혼에게 유리해질 것이다. 따라서 무혼은 앞으로도 마족들을 닥치는 대로 찾아가 가능하면 모조리 해치워 버릴 생각이었다.

그때 그 사이 부상에서 회복된 오네트가 무혼을 향해 다가와 공손히 말했다.

"아까의 무례를 사과드립니다. 당신이 다른 오크와 다르다는 것을 들었습니다. 저희들을 구해 주시고 또 마족들과 싸워주신다고 하시니 앞으로 저와 엘프들은 당신을 영원한 은인으로 생각하겠습니다."

무혼은 미소를 지으며 고개를 끄덕여 주었다.

"엘프들이 생각보다 시원스런 구석이 있군. 곧바로 자신의 잘못을 깨닫는 건 쉬운 일이 아니지. 사과를 받아들이겠소."

오네트는 머리를 긁적이며 웃었다.

"모든 오크들이 당신 같다면 이로이다 대륙은 오직 평화로 가득할 것입니다."

"평화라! 마족들이 몽땅 사라진다면 모를까 그 전에 평화는 오지 않을 것이오. 이제 내게 그 마족들이 어디 있는지 알려 주시오."

그러자 셀라스가 나섰다.

"잠시만 기다려 주세요. 제가 직접 그곳으로 당신을 안내하겠어요."

셀라스는 다른 엘프들에게 은신 장소로 피하라 말했다. 엘프들이 한꺼번에 몰려다니다 또다시 오크들의 눈에 띄면 좋을 것이 없기 때문이었다.

오네트는 무혼과 함께 가고 싶은 눈치였으나, 유사시 엘프들을 보호할 능력을 가진 오네트마저 자리를 비울 수는 없었다.

"당신이 꼭 승리하도록 기도하겠습니다. 부디 엘리나이젤 님을 구해 주십시오."

그 말을 남기고 오네트는 엘프들을 인솔해 떠났다. 그들이 떠난 후 무혼 역시 셀라스를 따라 엘리나이젤이 갇혀 있다는 장소로 향했다.

"여기서 동쪽으로 멀지않은 거리에 오크들의 도시인 켈쿰이 있어요. 마족들은 그 도시의 지하에 숨어 있다고 들었어요."

"누구에게 그 얘기를 들은 거요?"

"돌아가신 부모님께 들은 내용이에요. 본래 그곳엔 오크들의 도시가 없었는데 지난 백 년 사이에 켈쿰이라는 큰 도시가 생겨났죠. 솔직히 말씀드리면 아직도 마족들이 그곳에 있을지는 잘 모르겠어요."

"그래도 일단 가서 확인해 봐야겠군."

"그런데 켈쿰은 들어가기가 여간 까다로운 게 아니에요."

켈쿰은 오크 수만 마리가 모여 사는 오크 제국 서쪽의 상당히 번화한 도시라 했다. 그런 도시의 지하에 마족들이 웅크리고 있고, 또한 그곳에 엘프들의 수호 정령인 엘리나이젤이 갇혀 있는 줄 누가 짐작이나 할 수 있겠는가?

"난 제법 신분이 있으니 도시로 들어가는 건 어렵지 않소. 다만 오크들의 도시에서 당신은 철저히 나의 노예 행세를 하는 게 좋을 거요. 아까처럼 귀찮은 일이 벌어지지 않으려면."

"물론이죠. 그건 염려 말아요. 오크들에게 의심받지 않도록 철저히 노예처럼 행동할게요."

셀라스는 싱긋 환하게 미소 지었다.

"노예 노릇을 하는 게 유쾌한 일은 아닐 텐데 그 미소는 뭐요?"

"후훗. 그러게요. 사실 불쾌하기 짝이 없는 일은 맞는데 기분이 그리 더럽거나 그러지는 않네요. 설마 제게 노예 근성이라도 있는 건 아니겠죠?"

무혼은 어깨를 으쓱하며 고개를 흔들었다.

"그거야 내가 어찌 알겠소? 노파심에 말하지만 노예로 달라붙을 생각은 하지 마시오. 내게 노예는 필요 없으니."

"그런 일은 절대 없을 테니 염려 말아요."

셀라스는 어이가 없다는 듯 코웃음 치며 대답했다. 그런데 그녀는 일순 속으로 뭔가 허전한 느낌이 드는 것이었다.

'이상해. 왜 저 말이 서운하게 들리는 걸까?'

셀라스는 무혼의 노예라도 되어 그의 곁에 있고 싶은 기이한 충동에 시달렸다.

'내가 정신이 나갔나 봐. 아무리 멋지게 생겼어도 저자는 오크야. 오크! 엘프인 내가 관심을 가질 대상이 아니라고! 하지만 저분은 너무 멋있…… 윽! 난 미쳤어! 미친 거야.'

갑자기 머리를 쥐어뜯을 듯 괴로워하는 셀라스를 실피가 흘깃 노려봤다.

'칫. 딱 보니 마스터에게 빠졌네. 하긴 마스터처럼 멋진 분에게 어찌 빠지지 않을 수 있겠어. 하지만 어차피 이루어질 수 없을걸. 마스터는 인간이 아니라면 관심이 없으니까.'

엘프인 셀라스는 정령인 실피에 비해 인간에 훨씬 가까운 존재다. 그러나 그렇다 해도 엘프는 요정이지 인간이 아니었다.

따라서 실피는 무혼이 셀라스에게 아무런 관심도 두지 않을 것이라 확신했다. 그것이 실피에게는 왠지 안심이 되면서도 한편으로 마음이 무거워졌다. 그것은 실피 역시 영원히 무혼의 관심을 받기 어렵다는 것을 의미하기에.

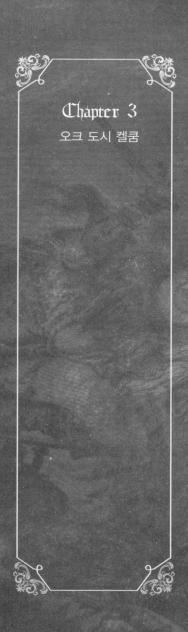

Chapter 3
오크 도시 켈쿰

 "취익취익! 좋은 무기 싸게 가져가! 코볼트 왕국의 장인
이 만든 무적의 강철 방패! 뭐든지 다 뚫는 리자드맨의 단
창! 쇠라도 썰어 버리는 오크 장인의 대검도 있어! 뭐든 다
있으니 와서 구경들 해 보라고!"

 "취익! 맛 좋은 고기! 쫀득쫀득한 트롤 고기! 단백한 오
우거 고기! 질기지만 맛 좋은 사이클롭스 고기! 온갖 고기
가 다 있으니 어서들 와서 사가슈. 켈켈켈!"

 켈쿰의 거리는 오크들로 득실거렸다. 오크들의 도시이
니 오크들이 많은 것은 당연했다. 그런데 오크들뿐 아니라
코볼트나 리자드맨들도 제법 눈에 띄었다. 또한 간혹 엘프

들도 있었다.

코볼트와 리자드맨들은 대부분 이곳 오크 제국의 도시에 물건을 팔거나 사러 온 상인들이었다. 반면에 엘프들은 누구 할 것 없이 모두 노예들이었다.

따라서 자유롭게 거리를 누비고 있는 오크와 코볼트, 리자드맨들과는 달리 엘프들은 자신들의 주인의 통제를 받아야 했기에 함부로 움직이지 못했다.

엘프들의 표정은 음울하거나 혹은 비굴했고, 그들의 눈빛은 하나같이 절망으로 가득 차 있었다.

'저들을 구해 줄 수 없다는 게 너무 한스럽구나.'

켈쿰에만 대략 2백여 명의 엘프 노예들이 있다고 했다. 길거리에서 그들 중 몇 명과 마주친 셀라스의 마음은 찢어질 듯 아팠다. 그녀는 검은 후드를 눌러쓴 채 오크인 무혼의 뒤를 따르고 있었다.

셀라스의 착잡한 심정과는 달리 무혼은 느긋한 표정으로 주위를 둘러보며 걸었다. 무혼으로서는 몬스터인 오크들의 도시 문명이 결코 인간들에 뒤떨어지지 않는 것을 보며 경탄을 금할 수 없었다.

반듯반듯하게 지어진 건물들의 모습은 다소 투박하긴 해도 베라카 왕국의 도시 케리어스의 건물들에 비할 수 없이 컸다. 건물들 사이로 시원스레 뻗은 도로들, 곳곳에 널찍한 광장들이 만들어져 있었고, 시장에는 수많은 상품들이 쌓여 있었다.

특히 건물들의 형태로만 보면 켈쿰은 베라카 왕국의 도시 케리어스보다 더 번화하고 발전된 형태의 도시였다. 주로 단층으로 구성된 인간들의 집과 달리 오크들의 집은 대부분 복층으로 지어졌고, 그중에는 오 층을 넘어서는 것들도 꽤 많았다.

'오크들의 건축술이 꽤 뛰어나다고 하더니 정말이로군.'

건물들은 단순히 규모만 큰 것이 아니라 무척 튼튼해 보였다. 유사시 요새로 활용도 가능하도록 지어진 것이 분명했다.

또한 대장간에서 제작하는 무기들의 품질도 나쁘지 않아 보였다. 흥미롭게도 인간들의 왕국에서는 볼 수 없던 형태의 무기도 많았다. 게다가 한쪽에만 날이 있는 장도(長刀) 형태의 무기만도 수십 종이 넘었다.

무혼은 즉시 1백 노드랄을 지불하고 열 자루의 도를 샀다. 간혹 도법을 펼칠 때 용이할 것 같아서였다.

'오크들의 돈을 잔뜩 챙겨 오길 잘했군. 모리스 녀석이 제법 선견지명이 있단 말이야.'

모리스는 무혼이 이곳으로 떠나기 전 무려 2만 노드랄이라는 거액을 챙겨 줬다. 오크들의 돈이지만 필요할 때가 있을 것이라는 예상에서였다.

무혼은 그동안 엘프 소년들을 구하느라 1백, 그리고 지금 무기 열 자루를 사느라 1백, 이렇게 도합 2백 노드랄을 썼으니 아직도 1만 9천8백 노드랄이라는 거액이 수중에 있었다.

무혼은 또 뭐 살 것 없나 시장을 두리번거렸다.

'그렇지. 류그주가 있나 찾아봐야겠군.'

류그주는 무혼에게 있어 마정석과 바꿀 수 있는 귀한 물건이었다. 그러나 술집에는 아즈애트주나 맥주 같은 저렴한 술만 있었다. 물어보니 류그주는 워낙 귀한 술이다 보니 여간해서는 잘 들어오지 않는다는 것이었다.

무혼과 셀라스는 계속 거리를 걸었다. 겉으로는 오크들의 도시를 구경하는 척하고 있지만 사실 마족들의 진원마기가 느껴지는 곳이 있나 신중하게 살펴보고 있었다.

그사이 바람의 정령 실피도 도시를 몇 바퀴 돌았다.

"마스터! 도시를 샅샅이 뒤졌지만 동굴 같은 곳은 없네요."

"특별히 수상한 곳은 안 보였느냐?"

"저 성이 뭔가 수상해요. 곳곳에 중급 이상의 정령들이 지키고 있어요. 저로서는 두려워서 접근조차 할 수 없었죠."

실피는 도시 중앙의 큰 성을 가리키며 몸을 떨었다. 그곳은 이곳 도시의 통치자가 살고 있는 성이었다.

"성에 정령들이 경계를 서고 있다면 확실히 수상한 데가 있군."

어느덧 시간은 늦은 오후가 되어 있었다. 무혼은 셀라스를 향해 물었다.

"아직 도시 어디에서도 마족들의 기운이 느껴지지 않는군. 혹시 그들이 있을 만한 다른 곳은 짐작되는 데가 없소?"

"마족들이 그사이 위치를 옮겼다면 저로서는 알 방법이 없어요."

셀라스는 울상을 지으며 대답했다. 무혼은 문득 도시 중앙의 큰 성을 가리키며 말했다.

"뭐, 아직 살펴보지 않은 곳이 있소. 어쩌면 저 성의 지하에 놈들이 숨어 있을지도 모르니, 이따 밤이 되면 잠입해 봐야겠소."

"저 성은 경계가 매우 삼엄하고 출입이 제한되어 있을 텐데 잠입이 가능할까요?"

"내겐 별로 어려운 일이 아니니 걱정 마시오. 내가 다녀오는 동안 당신은 실피와 함께 안전한 장소에서 대기하고 있는 게 좋겠소."

엘프인 셀라스를 거리에 그냥 두고 간다면 오크들에게 어떤 봉변을 당할지 모른다. 무혼은 주위를 두리번거리다 제법 화려해 보이는 여관을 찾아 들어갔다.

"취익! 어서 오십시오. 이곳은 켈쿰에서 가장 품격 있고 시설이 훌륭한 여관입니다요."

"깨끗한 방 하나 주게."

"저희 여관의 객실은 다른 곳보다 시설이 좋다보니 다소 비싼 편입지요. 특실은 8노드랄, 일반실은 2노드랄입니다만 장기 투숙 시에는 특별 할인가가 적용됩지요. 그러니까 특실의 경우 한 달은 1백 노드랄! 일반실은……."

"특실 한 달로 하지."

무혼은 즉시 1백 노드랄을 건넸다.

"크헤헤헤! 그럼 저희 여관 최고의 특실로 모시겠습니다요."

여관 관리원 오크의 입이 헤벌쭉 벌어졌다. 그는 곧바로 무혼과 셀라스를 최상층의 특실로 안내했다.

"크헤헤헷! 부디 편안하고 좋은 시간 되십시오. 불편한 것이 있을 시에 이 줄을 잡아당겨 주시면 제가 곧바로 달려오겠습니다요. 청소는 매일 하루 한 번씩 무료 봉사를 해 드리며, 조식과 석식은……."

"식사는 고기가 아닌 야채 위주로 해서 문 앞에 두고 가라. 그리고 청소는 따로 필요 없다. 내가 특별히 부르기 전에는 얼씬도 하지 말도록 해. 내 말을 어기면 이 여관이 부서져 내릴 수도 있으니 조심하는 게 좋을 것이다."

무혼의 두 눈에서 차가운 섬광이 번뜩이는 순간 여관 관리원 오크의 안색이 창백해졌다. 그는 무혼이 매우 무서운 실력을 지닌 무사라 생각했는지 황급히 허리를 숙이고 물러갔다.

야채 위주의 식단은 엘프인 셀라스를 위한 배려였다. 또한 청소를 위해 오크들이 들락거리면 무혼이 없을 때 셀라스가 곤경에 처할 수도 있었다. 그래서 짐짓 여관 관리원 오크에게 엄포를 놓은 것이었다.

곧바로 무혼은 특실을 둘러봤다. 특실은 침실과 거실, 욕실 등이 구분되어 있는 큼직한 공간이었다.

아무리 외관이 훌륭하다 해도 오크들이 묵는 이상 상당히 냄새가 나고 불결할 것이라 예상했던 바와 달리 특실의 내부는 의외로 깨끗했다.

큼직한 돌 탁자 위에는 고급스러워 보이는 양초가 불타오르고 있었고, 벽의 난로 앞에는 푹신한 소파도 놓여 있었다.

그런데 문제는 벽에 걸린 그림들이었다. 그림의 대부분은 오크들이 엘프들을 무참히 죽이거나 능욕하고 있는 장면이었다. 침실이 있는 방에는 민망하게도 여성 엘프의 나신들이 그려진 그림들이 붙어 있었다. 셀라스는 치를 떨었다.

"이 망할 오크들! 이즈너므!"

분노한 셀라스는 나직이 주문을 외웠다. 곧바로 그림들

이 먼지처럼 부서져 버렸다. 무혼은 셀라스의 심정을 이해했다.

"오크들의 숙소다 보니 꽤 불편하겠지만 당신은 여기 있는 게 좋겠소. 혹시 모를 만일의 상황에 대비해 한 달을 잡았지만 아마 그리 오래 걸리지 않을 것이오. 그사이 혹시 돈이 필요하면 이걸 사용하시오."

무혼은 탁자 위에 1백 노드랄을 올려놓으며 말했다. 혼자서 바깥으로 나가면 위험한 일이 벌어질 것을 알고 있는 셀라스는 무혼의 말에 감동한 표정을 지었다.

"저를 위해 이렇게 신경 써 주시니 정말 감사합니다. 당신께 이토록 다정한 면도 있었군요. 부디 조심하세요. 마스터!"

"둘이 있을 때는 내게 굳이 마스터라 부를 건 없소. 당신은 나의 부하나 노예가 아니니까."

셀라스가 빙긋 웃었다.

"하지만 딱히 달리 부를 호칭이 없잖아요. 그리고 마스터가 뭐 어때서요. 난 좋은데요?"

무혼은 쓴웃음을 지었다.

"그게 편하면 마음대로 하시오. 이제 난 성에 다녀오겠소. 실피, 너도 이곳에 있거라. 공연히 돌아다니다 다른 정령들에게 얻어맞지 말고."

"네, 마스터."

중급 정령이 된 실피는 하급 정령 때에 비해 다소 강해지긴 했지만 섣불리 돌아다니다 불량한 정령 패거리들과 마주치면 수난을 당하고 말 것이었다.

그래서 실피도 무혼의 지시에 순순히 따랐다. 그보다 그녀는 셀라스와 수다를 떨 생각에 신이 나 있었다. 무혼이 실피를 힐끗 노려봤다.

"그러고 보니 넌 나보고 조심히 다녀오라는 말도 안하는군. 내가 걱정되지 않는 것이냐?"

그러자 실피가 호호 웃었다.

"세상에 마스터를 해칠 만한 존재가 어디 있나요? 전 오히려 마족들이 불쌍하게 느껴지는걸요."

"뭐, 그건 틀린 얘기는 아니다만⋯⋯."

무혼은 씩 웃었다.

특실은 여관의 최상층인 오 층에 위치해 있었다. 잠시 후 무혼은 창문을 통해 은밀히 바깥으로 나왔다. 이는 여관 관리원 오크에게 무혼이 방 안에 있는 것처럼 느껴지게 하기 위함이었다.

시끌벅적.

늦은 오후의 거리는 수많은 오크들로 더욱 북적였다. 무혼은 좀 더 날이 어두워지길 기다리며 주변을 거닐었다. 오크들의 옷을 파는 점포들이 눈에 띄었지만 특별히 무혼의 흥미를 자극하지는 못했다.

상당히 뛰어난 형태의 건물들과 달리 오크들의 의복은 인간들에 비해 형편없었다.

특히 남성 오크들이 입고 있는 평상복은 무척 단순했다. 그들은 대부분 상체를 드러내고 하체에는 짧은 바지를 입는 게 다였으니까.

그래도 여성 오크들은 그나마 옷에 신경 쓰는 편이었다. 그래 봤자 투박한 천으로 만들어진 드레스 형태의 옷을 상체에 걸친 후 하체는 바지를 입는 식이지만.

그런데 특이하게도 그와 달리 울긋불긋 상당히 화려한 의상을 걸치고 머리와 목에 갖가지 장신구들을 달고 있는 한 여성 오크의 모습이 눈에 띄었다. 뒤로 수행원들이 있는 것을 보면 그녀는 제법 신분이 높은 오크인 모양이었다.

유난히 오똑한 코를 가진 그녀는 도도한 눈빛으로 시장 거리를 거닐다 무혼을 발견하고는 화들짝 놀라더니 두 눈을 크게 떴다. 무혼은 그녀와 눈이 마주치자 잽싸게 고개를 돌렸다.

'으음! 오늘 이게 대체 몇 번째냐.'

사실 이와 같은 상황은 오늘 무혼이 켈쿰에 들어온 이후 계속 벌어졌다. 도처에서 무혼을 쳐다보는 여성 오크들의 시선이 매우 따가웠던 것이다. 심지어 무혼을 향해 갈망 어린 시선을 보내는 여성 오크들도 있었다.

만일 무혼의 입가에 부드러운 미소가 맺혀 있었다면 그
녀들은 용기를 내어 무혼을 향해 다가왔겠지만, 무혼은 시
종 딱딱하면서도 냉막한 눈빛을 유지하며 그녀들의 접근
을 원천봉쇄했다.

　이성들에게 많은 관심을 받는 것은 나쁘지 않는 일이다.
그러나 그것이 험악한 인상의 몬스터인 오크들이라면 절
대 유쾌한 일이 아니었다.

　'이거 얼굴이 너무 잘생겨도 문제군. 차라리 복면이라
도 뒤집어쓸 걸 그랬나.'

　이는 무혼이 단순히 잘생긴 정도가 아니라 오크들 중에
무혼처럼 뛰어난 외모를 지닌 남성이 없을 정도였기 때문
이었다. 그래서 상대적으로 더더욱 무혼의 외모가 크게 돋
보일 수밖에 없었다.

　그때였다. 조금 전 눈이 마주쳤던 그 여성 오크가 무혼
을 향해 대뜸 다가오는 것이 아닌가?

　"취익! 호호! 당신처럼 잘생긴 분은 처음 봐요. 난 켈쿰
의 아빼드이신 라칸의 딸 카듀라고 해요."

　켈쿰의 아빼드? 아빼드는 우두머리를 일컫는 오크들의
용어였다. 따라서 카듀라는 이름의 이 오크는 이곳 도시
켈쿰을 다스리고 있는 상위 귀족을 아버지로 둔 것이 분명
했다. 인간으로 치면 도시의 총독이나 영주, 다시 말해 적
어도 백작 이상에 해당하는 권력자의 딸인 것이다.

카듀는 눈매가 매우 맑았고, 콧날도 오뚝했으며, 몸매는 육감적으로 늘씬했다. 놀랍게도 카듀는 투박한 외모의 오크라 볼 수 없을 만큼, 그야말로 인간인 무혼이 보기에도 상당히 아름다운 외모를 지닌 오크 미녀였다.

하지만 그렇다 해서 그것이 무혼에게 어떤 특별한 관심 거리가 될 수는 없었다. 뇌쇄적인 외모를 지닌 엘프 셀라스나 정령 실피에게도 별다른 관심을 두지 않는 무혼에게 카듀의 접근은 그저 귀찮기만 할 뿐이었다.

"그래서 내게 무슨 일이오?"

무혼이 시큰둥하게 대꾸를 하자 카듀의 인상이 차갑게 변했다. 지금껏 그녀를 이런 식으로 홀대한 남성 오크는 단연코 없었다.

'이자가 감히!'

도시 켈쿰 최고의 미녀인 그녀를 마치 굴러가는 돌 보듯 하는 오크가 있을 줄이야. 카듀는 왠지 자존심이 상했다. 제법 용맹하다는 미혼의 오크 전사들은 모두 그녀를 연모하고 있을 정도로 인기가 많았지만, 그녀는 그들 중 그 누구도 눈에 들어오지 않아 콧대를 세우고만 있었다.

그러다 오늘 그녀가 꿈에서라도 보고 싶던 이상형의 남성을 보았는데, 상대는 그녀에게 아무런 관심이 없어 보였다. 그렇다면 잠자코 있을 카듀가 아니었다. 그녀는 코웃음 치며 말했다.

"흥! 내가 신분을 밝혔으면 그쪽도 신분을 밝혀야 하는 거 아닌가요? 목에 건 신분패를 보니 귀족인 것 같은데 예절은 밥 말아 드셨나 봐."

카듀는 오연히 팔짱을 낀 채 무혼을 노려봤다.

'예절?'

무혼은 어이가 없었지만 이내 담담히 웃으며 대답했다.

"난 탈랜도에 살고 있는 귀족이며 지금은 여행 중이오. 됐소?"

"탈랜도? 그 먼 곳에서 이곳 가파지스의 켈쿰까지 뭐하러 여행을 왔죠?"

"특별한 용무는 없소. 그냥 여행을 하다 보니 어쩌다 여기까지 온 것뿐이오."

무혼은 적당히 둘러댔다. 탈랜도는 오크 제국 동쪽에 있는 방대한 지역으로 수백 개의 크고 작은 도시가 있다고 했으니 상급 귀족들의 숫자도 제법 많을 것이다. 설마 그 많은 귀족들을 카듀가 다 기억하고 있을 리는 없지 않겠는가?

과연 무혼의 예상대로 카듀는 무혼의 신분을 전혀 의심하지 않았다. 전통적으로 탈랜도 지방에는 오크들 중에서 기이한 행적을 벌이는 모험가나 영웅들이 많이 출현하기로 유명했다. 심지어 크돌로르 황제도 탈랜도 출신이었다.

그러다 보니 카듀는 오히려 무혼에게 더욱 호기심을 갖

게 되었다. 무혼을 보는 그녀의 눈빛이 별처럼 반짝였다.

'이런!'

무혼은 더욱 귀찮은 일이 벌어질 것 같아 잽싸게 신형을 돌리며 말했다.

"더 이상 볼일이 없다면 난 이만 바쁘니 가보겠소."

그러자 카듀가 슥 한 손을 휘저었다. 그녀의 뒤에 있던 호위 무사 오크들 중 둘이 달려 나와 무혼의 앞을 가로막았다. 움직임이 상당히 날랜 것이 십부장급 오크 전사의 실력은 갖춘 듯했다.

"날 가로막는 이유가 뭐요?"

무혼은 고개를 돌려 카듀를 노려봤다. 카듀는 오연히 다가오며 말했다.

"여행자라면 한가할 텐데 뭐가 그리 급해요? 켈쿰에서는 용맹한 전사를 환대하는 풍습이 있죠. 당신은 척 봐도 용맹한 전사 같으니 후하게 잔치를 벌여 대접할 거예요."

"잔치라. 말은 고맙지만 난 별로 관심 없소."

"흥! 호의를 거절하는 건 나와 싸우자는 거죠. 계속 비싸게 굴 건가요?"

'뭐? 내가 비싸게 굴어?'

무혼은 멍해졌다. 그러다 이내 인상을 험악하게 구기며 카듀를 노려봤다.

"난 분명 바쁘다고 했는데……."

"취익! 이보게, 젊은이. 카듀의 말대로 하는 게 어떻겠나?"

갑자기 굵직한 음성이 무혼의 말을 가로막았다. 고개를 돌려 보니 화려한 의상을 갖춘 남성 오크 하나가 무혼을 쳐다보고 있었다. 그 오크 뒤로 눈빛이 형형한 오크 무사들이 뒤따르고 있었다.

"당신은 누구요?"

"난 켈쿰의 아빼드 라칸이라네. 저 말괄량이의 애비이기도 하지."

"……!"

무혼은 한숨을 내쉬었다. 하필이면 켈쿰의 우두머리가 나타날 줄이야.

물론 무혼이 작정한다면 얼마든지 이 자리를 벗어나거나 혹은 모조리 때려눕히는 간단한 방법도 있지만, 도시 지하에 있는 마족들을 제거하기 전에는 가급적 소동을 일으키지 않는 것이 현명한 일이었다.

무혼은 라칸을 향해 짐짓 예의를 갖추며 말했다.

"켈쿰의 아빼드를 뵈어 영광이오. 나는 멀리 탈랜도에서 왔소."

"흠! 탈랜도의 귀족이 켈쿰에 온 것은 무척 오랜만이군. 요즘도 탈랜도에선 드래곤들의 포효 소리가 간혹 들려오는가?"

'드래곤의 포효?'

무혼은 당연히 모른다. 그러나 그렇다고 당황할 필요는
없었다. 적당히 둘러대어 대답하면 되는 일이니까.

"산에 가까이 가면 심심치 않게 큰소리가 들려오곤 하
지만 그게 드래곤의 포효인지 폭풍 소리인지 분간은 되지
않소."

그러자 라칸의 눈이 반짝였다.

"흐흐흐! 틀림없이 드래곤의 포효 소리일 거야. 예부터
탈랜도에 용맹한 이들이 많이 나는 이유가 바로 드래곤들
의 거친 포효 소리를 듣고 자라서라는 말이 있지. 자네 역
시 눈매가 강하고 기세가 당당한 걸 보니 딱 봐도 탈랜도
출신답구만."

"과찬이오."

라칸은 무슨 드래곤 신봉자 같았다. 특히 드래곤들의 포
효 소리를 무슨 전설처럼 신비롭게 여기고 있었다.

"흐음! 이러고 있을 때가 아니야. 가세. 카듀의 말대로
후하게 잔치를 벌여 주겠네."

켈쿰의 아빼드 라칸의 초청을 거절하는 건 그를 무시하
는 처사다. 무혼은 라칸의 뒤를 따르며 문득 생각했다.

'그렇지 않아도 성에 잠입하려고 했는데 차라리 잘된
건지도 모르겠군. 놈들이 거기에 웅크리고 있다면 말이
야.'

라칸의 초청은 무혼에게 오히려 반길 만한 일이었다. 자연스레 마족들이 있는 곳으로 접근할 수 있을 테니까.

잠시 후 무혼은 켈쿰의 중앙에 위치한 성으로 들어갔다.

"취익! 우츠랄!"

"우츠랄!"

성 도처에 중무장을 갖춘 오크 병사들이 삼엄히 경비를 서고 있었고, 그들은 라칸을 향해 힘찬 구호와 함께 경례를 올렸다.

라칸은 오연한 미소를 지으며 부하들의 경례를 받았다. 그는 화려한 정원으로 무혼을 인도하더니 말했다.

"연회가 시작될 때까지 잠시 산책을 하도록 하게. 정원이 꽤 넓으니 심심하진 않을 거야. 난 다른 볼일이 있으니 연회 때 보도록 하세."

"그럼 그때 뵙겠소."

무혼은 고개를 끄덕이고는 찬찬히 성을 둘러봤다. 성 안에 들어오자 비로소 진원마기의 기운이 느껴졌다.

'확실해. 지하 깊은 곳에 놈들이 있다.'

단순히 지하가 아니라 가히 수백 장은 됨직한 깊은 지하였다. 그곳까지 무식하게 땅을 파고 들어갈 수는 없는 일, 설령 그것이 가능하다 해도 그런 식으로 접근하다간 마족들이 눈치채고 어디론가 달아나 버릴 수도 있었다.

'통로를 찾아야 돼. 분명 어딘가 놈들의 하수인이 있을

텐데…….'

그러나 무혼이 살펴본바 성 안에 진원마기와 관련된 기운을 풍기는 오크들은 없었다. 라칸과 카듀 역시 마찬가지였다.

'어쩌면 저들은 지하에 마족들이 존재하고 있는 줄은 전혀 모르고 있는지도 모른다.'

그렇다면 통로를 찾기가 상당히 어려울 듯했다. 그때 오크 미녀 카듀가 무혼을 향해 다가왔다.

"무슨 생각을 그리 멍하니 하고 있죠?"

"정원이 멋져서 놀라고 있었소."

사실 무혼이 걷고 있는 곳은 갖가지 아름다운 꽃들과 연못이 어우러진 멋진 정원이었다. 무혼은 설마 오크들이 이토록 아름다운 정원을 꾸며 놓았을 줄은 상상도 못 했던 터라 실제로 상당히 놀란 것이 사실이었다. 그러자 카듀는 어깨를 으쓱하며 웃었다.

"아빠 정원 관리에 특별히 신경을 쓰고 있죠. 이 성에 처음 들어오면 누구나 감탄하지 않을 수 없을걸요. 물론 저 역시 정원 관리를 취미로 하고 있어요."

"매우 바람직한 취미요. 탈랜도에서는 이토록 멋진 정원을 본 적 없소."

"그래도 그곳은 예부터 온갖 신비한 전설이 많은 곳이잖아요. 전 언제고 탈랜도에 한번 가보고 싶었죠. 하지만 너무 멀어서 포기했어요. 당신은 제게 탈랜도에 대한 재밌는 얘기를 해 주실 수 있나요?"

카듀는 무혼에게 바싹 접근하며 속삭이듯 말했다. 무혼은 부담스러워하는 기색을 숨기지 않고 드러내며 차갑게 대꾸했다.

"전설은 무슨! 모두 다 꾸며내기 좋아하는 이들이 지어낸 말들이지. 탈랜도는 척박하기만 할 뿐 거기에 무슨 신비한 것들은 전혀 없으니 쓸데없는 환상 따윈 갖지 마시오."

무혼의 차가운 반응에 카듀는 심통이 난 듯 인상을 찡그렸다.

"쳇! 정말 재수 없어. 말투가 원래 그래요?"

"그보다 혹시 이 성에 지하 던전 같은 건 없소?"

"던전? 갑자기 던전은 왜 찾아요?"

"솔직히 말하면 난 던전 탐험에 깊은 관심을 갖고 있소. 제국을 여행하는 이유도 그 때문이지."

"그러니까 탐험하고 싶은 미지의 던전을 찾아 여행을 하고 있다는 거군요."

"그렇소. 이 성을 보니 느낌상 제법 큰 던전이 지하에 위치해 있을 것 같은데. 그렇지 않소?"

그러자 카듀가 눈을 휘둥그레 뜨고 말했다.

"맞아요. 어떻게 그렇게 잘 알죠?"

그 말에 무혼은 의미심장한 미소를 지었다.

"난 던전 전문가요. 보지 않아도 느낌으로 딱 알 수 있지."

"대단해요. 정말 신비한 능력이군요. 당신은 역시 탈랜도 출신다워요."

카듀가 또다시 뭔가 동경하는 눈빛으로 무혼을 쳐다봤다. 확실히 카듀는 탈랜도에 대한 대단한 환상을 가지고 있는 건 분명했다. 그러다 보니 무혼 역시 탈랜도에 대한 호기심이 들었다.

'탈랜도! 거기에 뭔가 있긴 있나 본데?'

어차피 무혼이 드래곤들이 있는 산으로 가려면 탈랜도를 경유해야 하니 조만간 방문하게 될 것이다. 그보다 지금은 지하에 위치한 던전의 입구를 알아내는 것이 시급했다.

"카듀, 날 그 던전으로 안내해 줄 수 있소?"

"그야 어렵지 않죠. 하지만 조건이 있어요."

"조건이라면?"

"나도 탐사에 데려가 줘요. 당신과 함께 던전을 구경해 보고 싶어요."

물론 카듀가 던전 탐험에 관심이 있을 리 없다. 무혼과 어떻게든 붙어 있어 보려는 눈에 딱 보이는 수작이었다. 무혼은 쓴웃음을 지으며 고개를 끄덕였다.

"뭐, 좋소. 그럼 지금 즉시 안내해 주시오."

그러자 카듀는 어이없다는 듯 무혼을 쳐다봤다.

"잠시 후면 연회가 열리는데 어딜 가요? 어서 날 따라오세요. 지금쯤 거의 준비가 끝났을 테니까. 아빠도 우리가 오길 기다리고 계실 걸요."

무혼은 고개를 끄덕였다. 아빼드 라칸이 특별히 무혼을 위해 연회를 베푸는 것이라 무혼이 참여하지 않을 수 없었다.

Chapter 4
탈랜도의 전사

‘오크들의 연회에서는 과연 어떤 요리들이 나올까?’

아무리 생각해도 인간인 무혼이 먹을 만한 요리는 나오지 않을 가능성이 높았다. 그것은 오크와 인간의 음식 문화가 다르니 당연한 일이었다.

‘피로 범벅된 날고기들만 잔뜩 있는 건 아닌지 모르겠군.’

무혼은 찜찜한 표정으로 카듀의 뒤를 따라갔고 잠시 후 연회장에 도착했다. 연회장 안에는 가히 백 명은 동석이 가능할 만큼 거대한 식탁이 보였다. 식탁 위에는 갖가지 음식들이 산더미처럼 쌓여 있었다. 물론 음식의 대부분은 날고기들이었는데, 천만다행이도 무혼이 먹을 수 있는 싱싱한 과일들도 제법 보였다.

"취익! 어서 오게. 탈랜도의 용맹한 전사여!"

라칸이 거대한 식탁의 상석에서 무혼을 맞았다. 동시에 양 옆으로 수십 마리의 오크들이 일어나 무혼을 쳐다봤다. 험악한 인상의 오크들! 그것도 가히 백부장급 이상의 기세를 풍기는 오크 수십 마리의 흉흉한 시선을 동시에 받는다면 누구라도 움츠러들고 말 것이다.

그러나 무혼은 눈 하나 깜빡하지 않고 태연히 그들을 마주 보았다. 너무도 담담한 그 반응에 오크들은 도리어 놀랐다.

'취익! 대단하군. 눈빛이 보통이 아니다.'

'호오! 역시 탈랜도의 전사인가?'

특히 라칸의 놀라움은 컸다. 켈쿰의 아빼드인 그는 오크 제국 제68군단의 군단장이기도 했다. 세 명의 천부장급 장수들을 부하로 두고 있는 최상급 지휘관이 바로 그였다.

'제법 강한 실력을 지녔다고 예상은 했건만 생각보다 더 실력이 있는 녀석인지 모르겠군.'

라칸은 무혼이 처음 보았을 때부터 마음에 들었다. 그것은 무혼에게서 강한 전사의 기운이 풍겨졌기 때문이었다. 그렇지 않았다면 설사 딸 카듀가 조른다 해도 그는 거들떠보지도 않았을 것이다.

그러다 보니 라칸은 무혼의 실력을 직접 두 눈으로 확인해 보고 싶었다. 그는 즉시 부하들을 향해 물었다.

　"너희들 중 누가 저 탈랜도의 용맹한 전사와 붙어 보겠느냐?"

　"취익! 제게 맡겨 주십시오, 아빼드."

　신장이 보통의 오크보다 일척은 큰 거구의 오크가 나섰다. 천부장 탓산이었다. 혼자서 오우거 하나를 거뜬히 상대할 만큼 강한 실력을 지녔다는 그는 라칸의 부하들 중 세 손가락 안에 드는 용맹한 장수였다.

　"좋다. 탓산! 너라면 저 탈랜도의 전사와 좋은 승부를 벌일 수 있겠구나."

　"크하하하! 저는 탈랜도에서 왔다는 저 애송이 녀석이 오우거나 미노타우루스보다 강할 것이라 생각하지 않습니다. 제가 탈랜도의 전설이 참으로 허황된 것임을 증명해 보이지요."

　탓산의 말에 라칸은 흡족한 표정으로 고개를 끄덕이고는 곧바로 무혼을 향해 시선을 돌렸다.

　"연회 전에 한바탕 몸을 푸는 건 켈쿰의 오랜 전통이라네. 어떤가? 자네는 탓산과 겨루어 볼 용기가 있는가?"

　"그런 전통이 있다면 마땅히 따라야 하지 않겠소?"

　"크흐흐! 패기는 좋군. 그러나 탓산은 혼자서 오우거나 미노타우루스도 거뜬히 해치우는 실력을 갖고 있으니 다시 한 번 생각해 보게. 일단 전투가 벌어지면 누구 하나 죽어 나간다 해도 우린 말리지 않을 테니까."

라칸은 은근히 무혼을 겁주려는 듯 험악한 눈빛을 보내며 말했다. 무혼이 과연 죽음을 무릅쓰고도 싸울 용기가 있는지 시험해 보려는 의도였다.

그런데 무혼은 겁을 먹기는커녕 시큰둥한 표정을 내보이며 대답했다.

"탈랜도에서는 애들도 오우거를 때려잡소. 집집마다 미노타우루스를 길들여 밭을 가는 장면 또한 어디서든 흔히 볼 수 있는 풍경일 거요."

"……!"

아무리 오크들이 강해졌다 해도 애들이 오우거를 때려잡고, 집집마다 미노타우루스를 길들여 농사일에 활용한다는 게 말이 되는가?

사실 무혼은 라칸 등이 탈랜도에 대한 막연한 환상을 가지고 있는 듯해서 짐짓 한번 허풍을 떨어 보았다. 그냥 농담 삼아 한 말이었는데 라칸 등의 표정이 경악으로 가득한 것을 보니 왠지 일말 정도는 무혼의 말을 믿는 것 같기도 했다.

특히 무혼과 전투를 벌이기로 한 탓산의 안색은 긴장으로 잔뜩 굳어졌다.

"크흐흐! 애송이! 어디서 그따위 말도 안 되는 허풍을 떠느냐? 과연 네게 새끼 오우거 한 마리라도 잡을 실력이 있는지 의문이구나."

탓산은 차돌같이 단단해 보이는 주먹을 불끈 쥔 채 무혼을 노려봤다. 무혼은 빙그레 웃었다.

"그거야 확인해 보면 알게 되겠지."

연회 전의 결투인 만큼 무기를 사용하지 않고 맨손으로 승부를 벌인다 했다. 그런데 탓산은 본래 맨손 격투에 능한 오크 권법가였다.

그런 만큼 라칸은 이번 결투가 탓산에게 압도적으로 유리하다고 여겼다. 그래서 무혼이 결투에서 승리를 하면 특별한 상을 내리기로 했다.

"최선을 다해 봐라, 탈랜도의 전사여! 만일 자네가 탓산을 이기면 내 딸 카듀를 아내로 삼을 기회를 주겠다. 카듀는 켈쿰 최고의 미녀이며, 제국에서도 손에 꼽힐 만한 미모를 갖춘 빼어난 여성이다."

그 말에 모두들 놀라움을 금치 못했다. 라칸의 말대로 카듀는 켈쿰 최고의 미녀로서 모든 오크 여성에게는 선망의 대상이었고, 오크 남성들에게는 연모의 대상이었다.

그런 카듀를 이번 결투에서 이기면 아내로 맞이할 수 있다니. 물론 모두들 무혼이 탓산을 결코 이기지 못할 것이라 확신했기에 그러한 놀라움은 이내 비웃음과 동정으로 변했다.

'취익! 누구라도 맨손으로 탓산을 이기는 건 불가능하지.'

'취익! 저 애송이에게 카듀는 그림 속의 고기일 뿐이겠군.'

그럼에도 일부는 무혼을 향해 부러움과 질투의 시선을 보내기도 했다. 비록 실낱 같은 가능성이라 해도 무혼에게 카듀를 아내로 얻을 수 있는 기회가 주어졌다는 것이 부러웠기 때문이었다.

카듀는 공연히 가슴이 뛰었다. 그녀는 무혼이 탓산을 가볍게 때려눕히고 자신을 차지해 주었으면 하는 소망이었다. 무혼을 향한 그녀의 눈빛이 초롱초롱 빛났다.

그런데 그때 무혼의 입에서 의외의 말이 튀어나왔다.

"그런 조건이라면 결투에 기권하겠소."

그러자 모두들 황당한 표정으로 무혼을 쳐다봤다. 결투에서 승리하면 오크 최고의 미녀인 카듀를 아내로 주겠다 했는데, 그런 조건이라면 차라리 기권하겠다니!

그 말은 카듀를 절대 아내로 맞이하고 싶지 않다는 선언이 아닌가? 라칸은 어이가 없다는 듯 잠시 멍한 표정으로 무혼을 쳐다보다 물었다.

"조건이 마음에 들지 않아서 기권하겠다는 건가?"

"그렇소."

무혼이 고개를 끄덕이자 라칸은 다시 물었다.

"큭! 대체 무엇이 마음에 들지 않은 것인가? 설마 내 딸 카듀가 자네의 마음에 차지 않는 것은 아닐 테고."

차갑게 번뜩이는 라칸의 두 눈에는 노기가 가득했다. 여차하면 무혼을 향해 무기를 뽑아 들 기세였다. 무혼은 담담히 웃으며 그 사이 미리 생각해 둔 말을 했다.

"그럴 리가 있겠소? 카듀는 분명 매우 아름답고 현명하고 모든 것을 보아도 내게 과분한 처자요. 하지만 내겐 이미 아내가 있소. 그래서 카듀를 아내로 취할 수 없는 것이오."

"고작 그 이유라니? 뛰어난 전사에게 아내가 몇인들 그게 무슨 상관인가? 아내는 많을수록 좋은 게 아닌가?"

"이곳 가파지스 지방은 어떤지 모르겠지만 탈랜도 지방의 전사들은 오직 하나의 아내만 취하오. 그것은 변하지 않는 전통이니 나로서는 그에 따를 뿐이오."

그 말에 라칸은 고개를 갸웃했다.

"그것 참 이상하군. 내가 듣기로 탈랜도의 전사들은 타고난 호색한이라 했다. 모두들 그 짓을 고기 먹는 것처럼 좋아해 아내를 수없이 많이 취한다고 했지. 심지어 오크들만으로는 부족해 엘프들도 대거 노예로 사들여 첩으로 삼는다고 들었단 말이야. 탈랜도에서 유독 엘프 노예의 값이 비싼 이유가 바로 그 때문이 아니었나?"

"……!"

무혼은 흠칫했다. 자칫 카듀를 아내로 삼아야 하는 황당한 상황을 면하기 위해 사실무근인 탈랜도의 전통을 짐짓 지어 내서 말했는데, 설마 탈랜도에 그런 문화가 형성되어 있을 줄이야.

그러나 여기서 당황하는 모습을 보이면 상당히 귀찮은 일이 벌어질 것이다. 무혼은 짐짓 분노한 눈빛을 보내며 말했다.

"그건 최근 들어 족보 없는 녀석들이 벌이는 망동 짓들이 외부에 알려진 것뿐이오. 탈랜도에서 진정 전통 있는 가문들은 철저히 일부일처를 택하고 있소."

그러자 라칸은 탄식하며 고개를 끄덕였다.

"허어! 전통이 그렇다면 어쩔 수 없지. 카듀를 아내로 주겠다는 조건을 철회해야겠군. 그럼 그냥 가볍게 상금을 걸도록 하지. 자네가 탓산을 이기면 1천 노드랄을 주겠다. 어떤가?"

"좋소. 그런 조건이라면 당장 결투를 시작하겠소."

무혼은 흔쾌히 고개를 끄덕였다. 현재 1만 9천 6백 노드랄이라는 많은 돈이 있지만 돈이 더 생겨서 나쁠 것은 없을 것이다.

한편 카듀는 심통이 난 표정으로 투덜거렸다.

"쳇! 그따위 전통은 개나 줘 버리라지."

그러나 그녀는 무혼이 자신을 거절하는 이유가 다름 아

닌 아내가 있기 때문이라는 말에 상당히 감명을 받은 터였다. 자신의 아내를 위해 다른 여성에게 관심을 두지 않아서라는, 지금껏 어떤 남성 오크에게도 들어 본 적 없는 멋들어진 말을 한 무혼에게 왠지 더 이상 악감정이 생기지 않았다.

특히나 무혼은 카듀가 매우 아름답고 현명한 여성이라고 말을 해 주었다. 그 말은 무혼의 냉한 반응으로 상해 있던 카듀의 자존심을 상당 부분 회복시켜 주었다.

'흥! 좋아. 다른 이유도 아닌 바로 그 이유 때문이라면 이해해 주겠어. 당신의 아내가 될 수 없다는 게 아쉽긴 하지만 말이야.'

카듀는 화통한 여성이었다. 그녀는 무혼에 대한 마음을 순식간에 정리했다. 그녀는 라칸을 향해 말했다.

"아빠, 대체 연회는 언제 시작되는 건가요? 이렇게 맛있는 음식들을 쳐다만 보고 있으려니 무척 괴롭군요."

라칸이 히죽 웃으며 외쳤다.

"흐흐! 나 역시 괴롭긴 마찬가지다. 뭣들 하는가? 음식들이 맛없어지기 전에 빨리 결투를 시작하도록 해라. 승부는 하나가 패배를 승복할 때까지! 다른 규칙은 없다."

곧바로 탓산과 무혼의 결투가 시작되었다. 모두들 흥미진진한 표정으로 결투를 지켜봤다. 대부분 탓산의 승리를 예상했고, 드물게 무혼의 승리를 기대하는 이들도 있었다.

그러나 둘 중 누가 승리하건 상당히 치열한 전투가 벌어질 것이라는 데는 이견이 없었다.

"취익! 받아랏!"

결투가 시작되자마자 탓산은 무혼을 향해 표범처럼 순식간에 달려들어 주먹을 휘둘렀다. 슬쩍 움직이는 것 같았는데 그의 신형이 두 개의 환영으로 분화되더니 날카로운 권풍(拳風)이 몰아쳤다. 그저 마구잡이로 공격을 날리는 것이 아니라 상당히 체계적인 투로를 갖춘 권법의 초식이었다.

쒸익! 쉬식!

커다란 덩치에 어울리지 않는 빠른 움직임! 탓산이 주먹을 휘두를 때마다 매서운 파공음이 사방으로 퍼져 나왔다. 탓산은 그야말로 동에 번쩍, 서에 번쩍 하며 정신없이 연격을 퍼부었다.

그러나 그는 무혼의 몸에 손끝 하나도 대지 못하고 오히려 무혼이 슬쩍 내민 발에 다리가 걸려 앞으로 나동그라지고 말았다.

"으윽!"

바닥에 넘어져 분통을 터뜨리는 탓산을 향해 무혼이 담담히 말했다.

"당신은 아직 멀었다. 이 정도면 된 것 같으니 그만 결투를 끝내는 게 어떤가?"

"흥! 닥쳐라. 난 아직 내 실력의 반도 보이지 않았다."

화가 난 탓산은 벌떡 일어나더니 주술의 힘을 끌어 올렸다.

"취익! 라브녀으랄!"

스스스스.

시간의 흐름이 탓산에게만 갑자기 빨라지기라도 한 것일까? 탓산의 움직임이 두 배는 신속해졌다.

화르르르!

시뻘겋게 형성된 화염의 권풍에는 평범한 오크들이라면 슬쩍 스치기만 해도 중상을 면키 힘들 만큼 강맹한 위력이 실려 있었다.

'호오! 불의 루스? 주술 권사였던가?'

주술의 힘을 끌어 올린 탓산의 움직임이 제법 강맹한 부분이 있었다. 그것은 무혼의 호기심을 자극했다.

'그렇다면?'

무혼은 화염의 주술과 어우러진 탓산의 권법 초식을 관찰하다 짐짓 힘겨워하는 기색을 내보이며 그야말로 아슬아슬하게 탓산의 공격을 피했다.

그 사실을 전혀 짐작도 못 하는 탓산은 어떻게든 무혼을 쓰러뜨려 보려고 혼신의 힘을 다했고, 그로 인해 그의 밑천은 바닥까지 드러나 무혼의 머릿속에 고스란히 파악되어 버렸다.

'흠, 루스를 내공처럼 활용해 권법을 펼치니 위력이 제법 쓸 만한데 문제는 보법이야. 초식에 비해 보법이 너무 엉성해. 보법만 보강하면 꽤 위력적일 텐데.'

새로운 무공이 보이면 이처럼 눈여겨보아 둘 필요가 있었다. 형편없는 위력의 초식이라 해도 나름대로 도움이 되는 측면이 있는 이유는, 무혼이 그 부족한 부분을 자연스레 보강하며 새로운 초식들을 떠올릴 수 있게 되기 때문이었다.

무혼은 전마신공을 비롯해 자신이 알고 있는 모든 무공을 사실상 극성으로 터득한 상태라, 여기서 더욱 강해지려면 새로운 무공을 창안하는 것 외에는 방법이 없었다.

지금도 무혼의 머릿속에는 탓산의 부족한 초식이 완벽하게 보강되어 떠오른 상태였다. 만일 탓산이 무혼의 부하였다면, 무혼은 그것을 탓산에게 전수해 주었을 것이다.

"취익! 더 이상 싸워 봤자 무슨 의미인가? 탈랜도의 전사! 당신이 이겼소."

그때 탓산이 돌연 우뚝 멈춰 서고는 분함과 비통함이 가득한 표정으로 말했다. 전력을 다하고도 무혼의 털끝 하나도 건드리지 못하자 그는 이내 패배를 자인한 것이었다.

그러한 자세는 매우 좋은 태도였다. 부족함을 느끼고 스스로 패배를 인정한다는 것은 앞으로 발전의 여지가 있다는 의미니까.

"궁금한 게 있소. 정말로 탈랜도에서는 애들도 오우거를 때려잡소?"

탓산이 무혼을 노려보며 물었다. 무혼이 농담으로 한 말이었는데 꽤 진지하게 받아들인 모양이었다.

무혼은 빙그레 웃으며 고개를 끄덕였다.

"물론. 길거리에서 종종 볼 수 있는 광경이오."

"라비쓰랄! 그래서 당신이 이토록 강한 것이었군. 앞으로 탈랜도의 오크들과는 상종을 하지 말아야겠소. 역시 탈랜도의 전설이 결코 허황된 것이 아니었어."

"당신도 꽤 강한 편이니 너무 상심하지 마시오."

"크하하하! 아니요. 덕분에 난 내가 얼마나 약한지 깨달았소. 당신과 같은 용맹한 전사와 싸워 봤다는 것만으로도 내겐 큰 영광이오."

탓산은 호쾌하게 웃으며 대답했다. 그러고는 이내 라칸을 향해 꾸벅 허리를 숙이며 말했다.

"아빼드! 면목 없습니다. 약속대로 이자에게 상금을 내려 주십시오."

탓산이 공격을 미친 듯 퍼붓다가 갑자기 멈춰 선 후 패배를 인정하자 모두들 놀라는 표정을 지었다. 그러나 라칸과 천부장급 오크들은 탓산이 왜 패배했는지 알고 있었다.

사실 라칸의 놀라움은 극에 달해 있었다. 결투가 진행되는 동안 무혼의 움직임은 라칸이 예상할 수 없는 방향으로

만 움직였기 때문이다.

그가 보건대 탓산과 무혼의 실력은 하늘과 땅 차이였다. 라칸은 자신이 직접 무혼과 겨루어도 승산이 없을 것이란 생각에 가슴이 서늘해졌다.

'예상보다 뛰어난 실력을 갖고 있었군. 저 같은 용맹한 전사가 내 사위가 된다면 정말 좋았을 것을. 그것 참 아쉽군그래. 일부일처라니! 도대체 탈랜도엔 왜 그따위 쓸데없는 전통이 있는 건지 모르겠군.'

라칸은 속으로 다시 아쉬움을 삼켰다. 그러나 그 역시 더 이상 가질 수 없는 것에 미련을 두지 않았다. 그는 이내 화통한 웃음을 지으며 말했다.

"크흐흐! 아주 멋진 결투였다. 약속대로 1천 노드랄을 상금으로 주지. 그리고 이제 연회를 시작할 테니 마음껏 먹고 마시도록 하자. 특별히 내가 아끼는 류그주를 내줄 테니 실컷 마셔라."

"취익! 우와아!"

"취익! 우하하하! 최고입니다, 아빠드!"

류그주라는 말에 연회장의 오크들이 환호를 하며 좋아했다.

가장 먼저 오늘 결투의 승리자인 무혼에게 류그주가 한 잔 내려졌다.

무혼은 사양하지 않고 받아마셨다. 솔직히 무혼도 류그

주가 무슨 맛인지 궁금했기 때문이었다.

'새콤한 맛이군.'

술이 입 안으로 들어가는 순간 짜릿한 느낌과 함께 새콤한 향기가 입 안 가득 차오르며 목을 통해 강렬한 술기운이 부드럽게 전신으로 퍼져 나갔다. 입 안에는 여전히 새콤한 향기가 가득했다.

부드러우면서도 향긋하고 동시에 강렬한 느낌이라니, 무엇보다 뒷맛이 매우 좋았다. 술을 거의 즐기지 않는 무혼으로서도 한 잔 더 마시고 싶은 충동이 들 정도였다.

'땅의 정령 츠베르크가 왜 마정석과 류그주를 맞바꾸려 하는지 어느 정도는 이해가 되는군.'

그때 무혼을 향해 탓산이 다가와 술을 한 잔 권했다.

"크크! 탈랜도의 위대한 전사에게 한 잔 올리고 싶소. 받으시겠소?"

"좋소."

무혼은 탓산이 따라 주는 술을 받아 마시고는 그에게도 한 잔 따라 주었다. 그러자 다른 오크들도 무혼을 향해 줄을 섰다.

그들은 먼저 아빼드인 라칸에게 술을 한 잔씩 올린 후 무혼을 찾아온 것이었다. 오크 사회에서는 그와 같이 하는 것이 가장 예의 바르며 상대를 존중하는 행동인 듯했다. 모두들 매우 진지하면서도 기대 어린 눈빛으로 다가왔기에 무혼은 차마 거절할 수가 없어 술을 모조리 받아 마셨다.

그런데 그것은 그저 시작일 뿐이었다. 무혼으로서는 오크들이 웬만큼 술을 마셨으니 이제 그만 마시리라 기대했는데, 갑자기 라칸이 건배를 제의하는 것이 아닌가?

"취익! 위대한 오크 제국의 크돌로르 황제 폐하를 위하여!"

"취익! 위하여!"

오크들이 일제히 잔을 들고 술을 마시자 무혼도 어쩔 수 없이 그에 응했다. 그런데 문제는 이 '위하여' 건배가 한 번으로 끝나는 것이 아니라는 것! 놀랍게도 수십여 마리의 오크들이 빙 돌아가며 각각 한 번씩 건배를 제의하는 것이 아닌가?

"취익! 켈쿰의 번영을 위하여!"

"취익! 켈쿰의 아빼드 라칸님을 위하여!"

"취익! 탈랜도의 용맹한 전사를 위하여!"

그러다 보니 무혼은 다시 수십여 잔의 술을 마셔야 했다. 물론 무혼은 술에 취하지 않도록 은밀히 내공으로 술기운을 모조리 체외로 배출하는 것을 잊지 않았다.

'정말 미친 듯 마셔 대는군. 술에 원수라도 진 것이냐?'

만일 무혼이 내공으로 술기운을 배출하지 않았다면 벌써 술에 취해 쓰러지고도 남았을 것이다. 그런데 오크들은 이런 술판에 익숙한 듯 다들 멀쩡해 보였다.

벌컥벌컥!

움썩! 으적! 끄직! 쩝쩝쩝—!

동시에 오크들은 술과 함께 피가 뚝뚝 떨어지는 고기를 씹어 먹으며 배를 채웠다. 그와 달리 무혼은 식탁 위에 놓인 음식들 중 과일만 골라 먹으며 연회가 빨리 끝나기를 기다렸다.

그러자 맛있는 고기 대신 싱거운 과일만 먹고 있는 무혼을 라칸이 의아하다는 눈초리로 쳐다보며 물었다.

"자네는 어찌 과일만 먹는 건가? 연회에 준비한 고기가 별로 입에 맞지 않나 보군."

무혼은 당연히 그러한 질문이 있을 것이라 예상했기에 미리 생각해 둔 답변을 했다.

"나는 오직 채식만을 하고 있소."

"채식? 그게 뭔가?"

"고기 대신 과일과 야채만 먹는 걸 채식이라 하오. 전통적으로 탈랜도에서 내려오고 있는 특별한 식이요법이오."

"그러니까 고기를 안 먹고 산다는 것인가?"

라칸 뿐만 아니라 다른 모든 오크들이 황당한 표정으로 무혼을 쳐다봤다. 고기 먹는 것을 낙으로 여기는 오크들에게 채식이란 있을 수 없는 일이었다. 무혼은 입가에 묘한 미소를 띠며 말했다.

"사실 이건 비밀인데…… 탈랜도의 오크들이 그토록 강한 이유는 채식 습관 때문이오."

"그럴 리가? 난 어디서도 야채와 과일 나부랭이만 먹고 산다는 소리는 들어 본 적 없네."

라칸은 믿기지 않는 듯했다. 다른 오크들도 마찬가지였다. 그러나 그들의 눈에는 무언지 모를 호기심이 어려 있었다.

"흠, 이 또한 비밀이지만 오늘 나를 이토록 환대해 주니 특별히 알려 주겠소. 사실 육식은 맛은 있지만 장내에 노폐물이 많이 쌓이고 몸이 비대해질 뿐, 강해지는 데는 그다지 도움이 되지 않소. 반면에 채식을 하게 되면 장이 가벼워지고 덕분에 몸도 가벼워지며 무병장수하게 되는 것이오. 특히 루스의 기운도 강력해지니 전투력이 몇 배는 증가하게 될 거요."

무혼은 짐짓 꾸며내서 하는 말이지만 아주 근거 없는 얘기는 아니었다. 특별한 심법을 수행할 시 채식이 내공 증진에 도움이 되는 경우가 꽤 많기 때문이었다.

무엇보다 이렇게 말하지 않으면 육식을 좋아하는 오크들이 무혼을 이상하게 여길 가능성이 높았기에 다소 과장된 효과까지 곁들였다.

그런데 일순 라칸 등의 표정이 매우 진지하게 변했다. 무혼이 매우 그럴 듯하게 설명을 하자 정말로 무혼이 채식

으로 인해 강해진 것으로 생각한 듯, 그들은 돌연 손에 쥐
고 있던 고기들을 식탁 위에 집어던져 버렸다.

"취익! 좋다. 우리도 채식을 한번 해 보자."

"취익! 크흐흐! 강해질 수 있다면 얼마든지!"

특히 탓산의 눈빛은 결연함에 가득 차 있었다. 애들도
오우거를 때려잡는다는 탈랜도의 오크들이 강해지는 비법
이 다름 아닌 채식 때문이었다니, 그로서는 왜 진작 자신
이 채식을 하지 않았는지 분통이 터질 따름이었다.

"취익! 앞으로는 채식이다. 모두 채식을 위하여 건배!"

"취익! 채식을 위하여!"

오크들이 다시 술잔을 집어 들었다. 그것을 본 무혼은
어이가 없었다.

'뭐야? 또 술이냐? 정말 징그러운 놈들이군.'

Chapter 5
동굴 속의 세 마족

"취익! 채식을 위하여!"

"취익! 우리도 채식하면 강해질 수 있다! 위하여!"

그야말로 오크들에게는 모든 것이 건배할 거리가 되는 듯했다. 무혼은 내심 빨리 이 연회가 끝났으면 하는 심정이었지만, 분위기를 보아하니 앞으로 한참이 지나야 할 듯했다.

"취익! 폭주를 제조해라."

오크들은 급기야 독한 술과 약한 술을 섞어 마시는 폭주(爆酒)라는 것도 만들었다. 라칸은 모두의 잔에 폭주를 따르게 한 후 크게 외쳤다.

"마시고 오른쪽으로 돌려라!"

"취익! 오른쪽으로!"

모두들 잽싸게 술을 마시고 자신의 빈 잔을 오른쪽에 있는 오크에게 전해야 했다. 도대체 왜 이런 짓을 하는지 무혼은 이해할 수 없었지만 오크들에게는 그것이 매우 흥미로운 일인 듯했다.

'으! 정말 끝도 없구나.. 내가 두 번 다시 오크들의 연회에 오나 봐라. 이럴 줄 알았으면 채식에 이어 금주까지 해야 강해진다고 말을 할 것을 그랬군.'

다행히 시간이 지나자 오크들이 하나둘 곯아떨어지기 시작했다. 술을 그토록 미친 듯 퍼마시니 아무리 술에 강한 오크들이라 해도 버티기 힘들 것은 당연하리라.

그래도 아빼드 라칸과 탓산을 비롯한 몇몇 오크들은 여전히 술을 마시고 있었다. 다만 그들도 심하게 취해 있어 무혼이 은근슬쩍 연회장을 빠져나와도 눈치채지 못했다.

그런데 바로 그때 카듀가 연회장 바깥으로 나와 무혼을 향해 걸어오는 것이 아닌가? 라칸 옆에서 부지런히 술을 마시던 카듀는 놀랍게도 매우 멀쩡한 기색이었다.

"카듀, 당신은 술에 안 취했소?"

"끝나고 당신과 던전에 가기로 약속했는데 취하면 안 되죠."

"그거야 그렇소만 내가 볼 때 당신도 백 잔 가까이 마신 것 같은데 어떻게 그리 멀쩡할 수 있소?"

그러자 카듀는 어깨를 으쓱하며 말했다.

"호호! 내가 미쳤어요? 그 많은 술을 다 마시게? 그냥 적당히 마시는 척하면서 식탁 밑에 버렸죠. 작정하고 취하려 한다면 모를까 그 정도 요령은 기본이라고요."

무혼은 내심 감탄했다.

어찌 보면 내공으로 술기운을 체외로 배출하는 것보다 훨씬 유용한 방법인 듯했다. 애초부터 술을 마시지 않는다면 쓸데없이 내공을 소모할 필요도 없을 테니 말이다.

'오, 그런 좋은 방법이 있었군. 나도 나중에 써먹어야겠구나.'

물론 무혼은 두 번 다시 오크들의 연회에 참석할 생각은 없지만 사람일이라는 게 또 모르지 않는가. 나중에 혹시라도 술을 많이 마셔야 할 자리에 가면 반드시 써먹어 볼 생각이었다.

"매우 좋은 방법을 알려 줘서 고맙소."

"후후, 대신 걸리지 않게 잘해야 돼요. 다들 술을 피처럼 귀하게 생각하는 터라, 몰래 버리다 걸리면 매우 험악한 사태가 벌어질 수도 있죠."

카듀는 실제로 몇 번 걸린 적이 있는지 인상을 찌푸리며 말했다.

"어쨌든 이제 약속대로 당신을 던전이 있는 곳으로 안

내할 테니 날 따라오세요."

"고맙소."

무혼은 고개를 끄덕이고는 카듀의 뒤를 따라갔다. 카듀는 성의 북쪽으로 무혼을 안내했다. 북쪽에는 병영들이 죽 늘어져 있었고, 곳곳에서 경계 근무를 서고 있는 오크 병사들이 보였다.

"취익! 우츠랄!"

병사들은 카듀를 보자 정중하게 경례를 올렸다. 그런데 그중 일부 병사들은 카듀 뒤에서 걷고 있는 무혼을 발견하고 기겁하는 표정을 짓더니 경악성을 발했다.

"취익! 흐어억! 저, 저자는!"

"취, 취익! 크어어!"

그들은 켈쿰 서쪽 숲의 야영장에서 무혼을 만났던 백부장 아반의 부대 소속 병사들이었다. 아반이 실신하도록 얻어맞고 복귀했지만, 그들은 드래곤에게 얻어맞았다는 보고를 하지 못했다.

무혼이 당시 일을 발설할 경우 대륙 끝까지 쫓아와 죽인다고 엄포를 날렸기 때문이었다. 그러다 보니 아반이 야간 훈련 중 독벌집을 건드려 된통 쏘였다는 식으로 보고를 올렸다.

그들은 꿈에서라도 다시 그 드래곤을 만나고 싶지 않았다. 그런데 난데없이 카듀와 함께 그가 나타나자 경악하고 말았다.

그렇게 병사들이 놀라는 모습에 카듀는 고개를 갸웃했지만 특별히 대수롭게 생각하지는 않았다.

"저쪽이에요."

병영을 지나자 다소 특이한 숲이 나타났다. 수십 그루의 나무들로 구성된 작은 숲이었는데, 괴이하게도 수피(樹皮)와 나뭇잎들이 모두 흑색이었다. 그러다 보니 별빛 아래 은은히 드러난 숲은 상당히 을씨년스러웠다.

'마기가 미세하게 느껴지는군.'

무혼은 숲을 보자마자 이곳이 마족들과 연관이 있음을 확신했다. 카듀는 숲 안으로 들어가더니 가운데 가장 큰 나무의 뿌리 아래쪽으로 향하는 동굴을 가리켰다.

"이곳이 입구예요."

"입구치고는 좁군."

"안으로 들어가면 넓어져요."

"들어가 본 적 있소?"

"물론이죠."

그 말과 함께 카듀는 동굴 안으로 들어갔다. 무혼도 들어갔다.

"루랄브칼!"

카듀가 뭐라고 주문을 외우자 그녀의 왼손 위에 환한 횃불과 같은 불이 나타나 동굴을 밝혔다.

무혼은 횃불의 빛이 없어도 어둠을 대낮처럼 투명하게 바라볼 수 있기에 상관없지만 카듀는 횃불이 있어야 시야를 확보할 수 있을 것이다.

"잠깐만 기다려 주세요."

그런데 카듀는 잠시 멈춰 서더니 돌연 경건히 무릎을 꿇고 기도 비슷한 의식을 하는 것이었다. 무혼이 잠시 기다리자 그녀는 눈을 뜨고 일어났다.

"기다리게 해서 죄송해요. 이제 저를 따라오세요."

"방금 전 무슨 의식을 한 것이오?"

무혼은 카듀를 따라가며 물었다. 그러자 카듀는 쑥스러운 표정을 지으며 말했다.

"기도를 했어요."

"기도?"

"실은 여긴 원래 엘프들의 무덤 비슷한 장소였다는 말이 있어요. 난폭한 우리 오크들에 의해 비참하게 죽음을 당한 불쌍한 엘프들 말이에요. 그래서 난 그들에게 오크들의 잘못을 비는 기도를 잠시 했어요."

무혼은 내심 놀랐다. 설마 엘프를 위해 기도를 해 주는 오크도 있을 줄이야. 무혼이 놀라는 표정을 짓자 카듀는 쓸쓸히 웃으며 말했다.

"당신의 눈에는 제가 이상하게 보이겠죠? 다른 오크들은 저의 마음을 이해하지 못하더군요. 저는 오크들이 엘프들을 노예로 부리는 건 매우 큰 잘못이라고 생각을 하고 있거든요."

"오크들 중에 당신과 같은 생각을 가진 오크가 있다는 것이 매우 놀랍소."

"놀랍긴요. 탈랜도에서는 엘프 노예들을 매우 좋아하니 당신 역시 이런 제가 이상하다 느껴질 것이 당연해요."

"이상하지 않소. 오히려 좋게 생각하오. 나 역시 오크들이 엘프들을 노예로 부리는 걸 못마땅하게 생각하고 있소. 엘프들뿐 아니라 다른 몬스터들을 노예로 부리는 것도 마찬가지요."

그러자 카듀는 두 눈을 크게 뜨며 말했다.

"정말인가요? 역시 정통 있는 탈랜도의 용사는 다르군요. 쳇! 당신이 임자 있는 몸이라는 게 너무 아쉬워요. 저와 생각이 비슷한 데가 너무 많은데."

"하하, 그렇게 생각해 주니 고맙소."

"실은 저도 오크지만 오크들은 정말 너무 잔혹하고 이기적이에요. 이러다 언제고 큰 벌을 받을까 두려워요."

"내 말이 바로 그거요."

그사이 카듀의 말대로 동굴은 안쪽으로 갈수록 넓어졌다. 그리고 커다란 공터와 같은 넓은 공간이 나타났다.

"제가 와본 건 여기까지예요. 동굴이 막혀 있어 더 이상 가보질 못했죠. 어딘가 다른 통로가 숨겨져 있는 것 같은

데 찾질 못했어요."

카듀의 말대로 동굴은 들어온 입구 통로를 제외하고는 다른 통로가 보이지 않았다. 그러나 무혼은 동굴 안쪽에 마기의 장벽이 가로막고 있는 것을 한눈에 알아봤다.

그곳은 보통의 오크나 인간들의 눈에는 특이할 것 없는 동굴의 벽이지만, 실제는 숨겨진 공간을 감추는 결계가 감춰져 있었다.

"뭔가를 발견했나요?"

카듀는 호기심 어린 표정을 지었다. 그동안 이곳 동굴의 비밀은 그녀뿐 아니라 라칸을 비롯한 다른 오크들도 궁금해했다. 그러나 누구도 동굴의 비밀 통로를 찾아내지 못했다.

그런데 무혼은 갑자기 동굴의 한 곳을 사납게 노려보고 있었다. 카듀는 왠지 무혼이 동굴의 비밀을 풀어낸 것 같아 가슴이 세차게 뛰었다.

아니나 다를까, 무혼은 성큼 걸어가 검을 휘둘렀다. 순간 콰앙, 소리와 함께 동굴의 한쪽 벽이 무력하게 허물어져 버렸다. 그리고 그 안으로 끝이 보이지 않는 시커먼 동혈(洞穴)이 모습을 드러냈다.

쿠아아아아아아!

그때 마치 쇠가 찢겨 나가는 듯 섬뜩한 소리가 동혈 안에서 들려왔다.

쿠아아아아아!

지옥에서 울려 퍼지는 것처럼 음침하면서도 사이한 소리였다. 그 소리를 듣는 순간 카듀는 정신이 혼미해졌고 형언할 수 없이 끔찍한 두려움에 사로잡혀 덜덜 떨었다.

순간 지금껏 잔잔한 태도를 보이던 무혼의 전신에서 폭풍처럼 강렬한 기세가 뿜어져 나왔다.

"두려워할 것 없소. 나는 저 안에 웅크리고 있는 쥐새끼 세 마리를 죽이러 가니 당신은 여기서 기다리시오."

싸늘히 웃는 무혼의 두 눈에서 푸른 뇌전과 같은 섬광이 번쩍였다. 그는 즉시 동혈 안으로 사라졌다.

'쥐 세 마리?'

카듀는 무혼이 쥐들을 죽이러 간다는 말이 무슨 뜻인지 이해하기 힘들었다. 무혼이 뭔가 무시무시한 것들과 싸우러 가는 것만 대략 짐작할 뿐이었다.

본래라면 호기심이 많은 그녀의 성격상 무혼의 뒤를 따라가 보았을 것이다. 그러나 지금은 동혈 안에서 느껴지는 섬뜩한 기운에 몸이 떨려 감히 들어갈 엄두도 내지 못했다.

그사이 무혼은 바람 같은 속도로 동혈을 돌파해 나가고 있었다. 꾸불꾸불 이어지는 동혈을 한참 따라 내려가니 돌연 희끗한 뭔가가 무혼을 가로막았다.

스읏.

무혼이 멈춰 서 그것의 정체를 살펴보니 놀랍게도 은발의 엘프였다. 나이를 짐작할 수 없는 남성 엘프 하나가 무표정한 눈빛으로 무혼을 싸늘히 노려보고 있었다.

그런데 무혼은 그 엘프가 정상적인 상태가 아님을 금세 파악했다. 일단 엘프로부터 생기가 전혀 느껴지지 않았다. 동시에 짙은 암흑과 죽음의 기운이 두 눈에 가득 깃들어 있었다.

마기뿐 아니라 죽음의 기운까지 가득한 엘프라면?

'설마 언데드 엘프?'

죽은 시체를 암흑 마나를 통해 부활시키면 그것이 언데드로 변한다는 사실은 초급 마법서의 상식 편에 모두 설명되어 있었다.

'기운이 범상치 않은 것을 보니 살아 있을 때 제법 강했던 엘프였겠군.'

무혼은 이 눈앞의 엘프가 어쩌면 백 년 전 마족들에 의해 죽었던 엘프들의 장로 중 하나가 아니었을까 하는 추측이 들었다.

그때 엘프의 두 눈에서 핏빛의 광망이 번뜩였다.

"이럴 수가……! 겉은 오크의 가면을 썼지만 속은 오크가 아니군? 그대의 정체는 무엇이지? 인간인가?"

놀랍게도 언데드 엘프는 대번에 무혼이 오크로 변신한 인간임을 알아보고 있었다. 게다가 말도 또박또박 하는 걸 보니 무혼이 마법서에서 보았던 보통의 언데드와는 뭔가 달랐다.

"언데드가 되면 이지를 상실한다고 들었는데 당신은 특이하군."

그러자 엘프의 표정에 일순 비통함이 어렸다. 그는 이내 광기 어린 눈빛으로 무혼을 노려봤다.

"큭! 언데드가 된다고 모두가 이지를 상실하는 것은 아니라네. 나처럼 모든 기억을 가진 채 언데드가 되는 특별한 경우도 있지. 물론 매우 불행한 일이지만 말이야."

무혼은 고개를 끄덕였다.

"하긴, 이지를 상실했다면 언데드가 되었다는 사실도 모를 테니 괴로울 것도 없을 테지. 당신처럼 생전의 기억이 훤히 남아 있다면 오히려 괴로울 수도 있겠군."

"크으! 물론이야. 죽고 싶어도 죽을 수 없고 원하지 않는 대상에 영원히 충성을 바쳐야 하는 심정이 얼마나 끔찍한지 그대는 전혀 짐작하지 못할 것이다."

그 말에 무혼은 엘프의 장로가 언데드가 되어 마족들에게 강제로 충성을 바쳐야 하는 신세가 되었음을 짐작할 수 있었다.

"저 안의 마족들이 당신의 주인이오?"

그러자 엘프의 두 눈에 경악이 어렸다.

"그들의 정체를 알고 있는 그대는 대체 누구인가?"

"엘프들이 내게 부탁하더군. 엘리나이젤을 구해 달라고!"

순간 엘프의 몸이 부르르 떨렸다. 냉기가 어린 듯 시퍼런 그의 안면은 격동으로 물들어 있었다.

"엘프들? 그게 정말인가?"

"그렇소."

"내…… 내게 그 아이들이 어떻게 지내고 있는지 알려 줄 수 있겠나?"

"엘프들의 대부분은 오크의 노예가 되어 비참하게 살고 있소. 아주 소수만 숲에 남아 있지만 그들 또한 매우 위태한 상황이오."

그러자 엘프의 인상이 일그러졌다.

"크으! 감히 오크들·따위가! 정말 원통하구나. 내가 이와 같은 신세가 되지 않았다면 하찮은 오크 놈들 따위에게 엘프들이 핍박을 받지는 않을 것을."

"당신은 본래 엘프들의 장로였소?"

"그렇다. 내 이름은 로다이크. 엘프의 수호 장로 중 하나였지."

'역시 짐작대로군.'

무혼은 슬쩍 고개를 끄덕이고는 이내 로다이크를 노려봤다.

"난 이제 엘프들을 곤경으로 빠뜨린 원흉인 마족들을

죽일 생각이오. 그런 나를 엘프의 장로였던 당신이 가로막
을 생각이라면 실로 안타깝군."

"저…… 정말로 저주스럽구나. 나의 의지는 그대를 그
냥 보내 주고 싶으나, 나의 이 저주받은 몸은 그대의 심장
을 원하고 있으니……."

로다이크는 녹슨 철검을 번쩍 쳐들었다.

츠으읏!

철검의 검신에 시커먼 광채를 내뿜는 오러가 일렁이기
시작했다. 놀랍게도 오러 블레이드가 생성된 것이었다.

"크으! 나의 검술은 암흑 마나의 힘을 받아 생전보다 향
상되었다. 내가 펼친 이 다크 오러 블레이드는 보통의 오
러 블레이드보다 훨씬 강력하지. 그대가 설령 소드 마스터
의 경지에 이르렀다 해도 승산 자체가 없으니 가능하면 지
금 즉시 죽을힘을 다해 도주하……!"

그런데 바로 그 순간 무혼의 신형이 로다이크를 번개처
럼 스치고 지나갔다. 동시에 로다이크의 붉은 두 눈에 불
신의 빛이 어렸다.

"크으! 미, 믿을 수 없다. 어찌 날 단번에……."

로다이크의 말은 이어지지 못했다. 그의 목이 툭 잘려
바닥으로 굴러떨어져 버렸기 때문이었다. 그러나 언데드
인 만큼 로다이크의 머리는 두 눈을 부릅뜨고 무혼을 노려
보았다.

"정말로 비겁하도록 노…… 놀라운 기습이군. 하지만 제…… 제대로 겨루었다면 난 절대 그리 허무하게 당하진 않았을 것이다……."

"글쎄! 다른 상황에서 당신을 만났다면 시간을 두고 천천히 검술을 겨뤄 봤을지도 모르겠군. 지금 나에겐 한가하게 결투를 할 만한 시간이 없다는 게 유감이오."

무혼은 무심한 표정으로 말을 내뱉고는 동혈 깊은 곳으로 달려갔다. 그 순간 목이 잘린 로다이크의 몸체가 서서히 움직이더니 바닥에 떨어진 머리를 들어 목 위에 올려놓았다.

놀랍게도 머리가 몸체에 자연스레 붙었다. 로다이크는 순식간에 멀쩡한 본래의 상태로 회복되었다. 그의 두 눈에 비통한 빛이 번뜩였다.

"모…… 목이 잘려도, 심장이 꿰뚫려도 죽을 수 없다니…… 언데드의 육신은 정말 저주스럽구나……."

로다이크는 무혼이 사라진 동혈 안쪽으로 느릿하게 발걸음을 옮기며 중얼거렸다.

"크으으! 어…… 어쩔 수 없이 나는 다시 그를 죽이러 가야 한다. 기적이 일어나서 다시 마주치기 전에 그가 모든 것을 끝냈으면 좋겠건만."

그는 다시 무혼을 죽이러 가지만 내심 무혼에게 조금은 기대를 걸고 있었다. 기습일지언정 단번에 자신을 쓰러뜨린 무혼의 실력은 정말로 전율스럽기 그지없었으니까.

'그러면 가능할지도 모른다. 드래곤이라 해도 그토록 강하진 않아……'

마족들이 죽게 되면 의지와 몸이 분리되어 있는 로다이크의 저주스러운 언데드로서의 삶도 끝이 날 것이다. 로다이크는 자신이 그만 평온하게 잠들기를 바라고 있었다.

스슷! 스스스슷—

그사이 무혼은 동혈을 따라 끝없이 내려갔다. 로다이크에 이어 언데드가 된 또 다른 엘프들이 계속 앞을 가로막았지만 무혼은 주저 없이 선제공격을 가해 그들을 쓰러뜨렸다.

그들이 어떤 상태인지 알게 된 이상 다른 방법은 없었다. 물론 그들은 언데드라서 죽여도 다시 살아난다. 그러나 그사이 무혼은 이미 그들이 쫓아올 수 없는 곳까지 이동해 있었다.

어차피 마족들만 제거하면 그들의 진원마기를 바탕으로 어둠의 생명을 누리고 있는 언데드 엘프들은 자연스레 소멸될 것이다.

무혼은 그렇게 언데드 엘프들을 모조리 쓰러뜨리며 어느새 동혈 가장 깊숙한 곳에 위치한 거대한 지하 공간에 이르렀다.

지하 공간의 중앙에는 커다란 나무가 보였다. 나무는 시커멓게 말라 있었는데 특이하게도 우듬지 근처에 황금빛의 나뭇잎 하나가 위태하게 매달려 있었다.

이 어두운 지하 공간에 나무가 있다는 것도 매우 기이한 일이었지만, 말라 버린 고목에 황금빛의 나뭇잎이 매달려 있는 모습은 더욱 기이했다.

그러나 그보다 눈에 띄는 광경은 나무의 수피를 뚫고 시뻘건 핏빛의 줄들이 거미줄처럼 박혀 있는 모습이었다. 수천 개도 넘는 가느다란 줄들이 나무 수피를 뚫고 촘촘히 박혀 있었는데, 그 각각의 줄들은 나무를 포위하고 있는 세 개의 신상(神像)과 연결되어 있었다.

그냥 보기만 해도 인상이 찌푸려지는 끔찍한 장면.

무혼은 특별히 누군가 이 상황을 구체적으로 설명해 주지 않아도 어떤 일이 벌어지고 있는지 충분히 짐작이 갔다.

가운데의 나무는 아마도 엘프들의 수호 정령이라는 엘리나이젤이 분명했다. 그리고 마족 셋이 엘리나이젤을 포위한 채 수천 개의 거미줄 같은 촉수들로 정기를 흡수하고 있는 것이었다.

무혼의 짐작은 틀리지 않았다. 바싹 말라 버린 엘리나이젤은 이제 생명이 꺼지기 직전이었다. 위태하게 달린 우듬지의 황금빛 나뭇잎 한 장이 파르르 흔들리고 있는 것은, 그가 가진 마지막 힘인 수호 정령의 의지가 사라지고 있음을 의미했다.

엘리나이젤은 지난 백 년 동안 엘프들의 수호 정령으로서의 힘을 대부분 마족들에게 빼앗겼지만, 오직 하나 자신의 의지만은 굳건히 지키고 있었다.

그러나 마족들이 진정 원하는 것은 엘리나이젤의 의지였다. 엘리나이젤의 의지를 장악하는 순간 그는 마족들의 영원한 하수인이 될 것이기 때문이었다.

엘프의 수호 정령 엘리나이젤이 마족들의 하수인이 된다는 것은 그가 곧 마족들의 진원마기를 통해 암흑의 엘리나이젤로 재탄생된다는 것을 의미한다.

또한 암흑의 엘리나이젤이 새롭게 태어나는 순간 지상의 엘프들 역시 그의 기운을 받아 암흑의 엘프들로 재탄생된다.

오크들의 노예가 되어 비참한 신세로 살고 있는 엘프들의 가슴에 맺힌 짙은 원한과 분노가 암흑의 진원마기를 통해 분출되는 순간, 엘프들은 이전과 비할 수 없이 강력한 전투력을 지닌 새로운 종족으로 진화되어 마족들에게 영원한 충성을 바치게 될 것이었다.

바로 그것을 위해 마족들은 엘프들을 비참한 처지로 내몰았고, 엘프들의 가슴에 짙은 한을 심어 주었다.

다만 마족들의 목적이 이루어지려면 수호 정령 엘리나이젤의 의지를 장악해야 하는 것이 필수였다. 그런데 놀랍게도 엘리나이젤은 무려 백 년이라는 긴 세월 동안 그의 의지를 철벽같이 지켜 왔다.

마족들이 말로 형언할 수 없는 끔찍한 고통을 주며 그를 학대했지만 엘리나이젤은 그 모든 고통을 참아 냈다.

문제는 그렇게 버티는 것도 한계가 도래했다는 것! 엘리나이젤의 의지가 아무리 강력하다 해도 끝없는 고통을 당하며 영원히 자신의 의지를 지킨다는 것은 불가능한 일이었다.

사실 그가 그나마 지금껏 기적적으로 버텨 온 것은 언젠가 자신의 옛 친구였던 드래곤들이 이 사실을 알고 도움을 줄 것이란 기대가 있었기 때문이었다.

그러나 무려 백 년 동안 드래곤들은 찾아오지 않았다. 그들은 충분히 마족들을 물리칠 힘이 있음에도 불구하고 엘리나이젤의 고통을 철저히 외면했다.

아무리 기다려도 구원의 손길이 뻗치지 않을 것이라는 상황을 깨닫는 순간 엘리나이젤은 육체로 엄습하는 고통을 넘어서는 거대한 절망에 빠지고 말았다. 그러다 보니 그의 철벽과 같은 의지도 흔들리기 시작했고, 그는 엘프 수호 정령으로서의 자신의 정체성도 잊기 시작했다.

지금 그의 의지를 상징하는 황금빛 잎사귀가 위태하게 흔들리는 것은 바로 그 때문이었다.

반면에 세 마족들은 드디어 지난 백 년 동안 허물어뜨리지 못했던 엘리나이젤의 의지를 장악한다는 생각에 신이 나 있었다. 그런데 공교롭게도 하필이면 이때 정체불명의 방해꾼이 침입한 것이었다.

마왕 유레아즈의 부하들인 이 마족들은 모두 아름다운 인간 남성의 모습으로 셋의 외모가 완벽하게 동일했다. 그들은 다름 아닌 세쌍둥이 마족이었다.

이리타, 세붐, 트리스란 이름을 가진 이 세쌍둥이 마족들은 자신들의 하수인인 언데드 엘프들을 순식간에 쓰러뜨리고 심층의 결계까지 진입한 무혼을 잡아먹을 듯 차갑게 노려보았다.

"어리석구나. 오크로 변한 인간! 감히 이곳이 어디라고 들어왔는가?"

"쿠흐흐훗! 삶이 권태롭고 무료하기라도 했더냐? 스스로 죽고 싶어서 지옥으로 찾아오는 미친놈도 있었군."

이리타와 세붐에 이어 트리스도 입을 열었다.

"키키키킥! 모처럼 간식거리가 생겼으니 차라리 잘됐어. 내가 가서 잡을 테니 너희들은 엘리나이젤을 계속 압박해라."

"후흐흐훗! 알았다."

이리타와 세붐은 트리스의 말에 고개를 끄덕였다. 그들은 갑자기 나타난 방해꾼보다 자칫 그 일로 인해 엘리나이젤이 다시 정신을 차리기라도 할까 봐 두려워하고 있었다.

힘겹게 그의 의지를 거의 허물어뜨리는 데 무려 백 년이 걸렸다. 그런데 그가 다시 정신을 차리면 또다시 의지를 허물어뜨리는 데 백 년 이상의 시간이 필요할 것이다.

따라서 지금처럼 엘리나이젤이 절망으로 가득 차 의지가 흔들리고 있을 때 그의 의지를 완벽하게 장악해야 했다. 애송이 인간 방해꾼쯤은 트리스가 혼자 나서도 충분히 해치울 수 있을 것이니 그들은 모처럼 인간의 신선한 피와 고기를 간식으로 먹고 마시며 즐길 생각이었다.

쿠아아아아아!

트리스가 움직이자 엘리나이젤과 연결되어 있던 시뻘건 거미줄들 중 대략 천여 가닥 정도가 뜯겨 나갔다. 칠 척 정도에 불과했던 트리스의 신장이 무려 칠 장 가까이까지 커지며 머리에 두 개의 뿔이 달린 거대한 악마 형상으로 화했다.

"건방진 인간 놈! 네 영혼까지 갈가리 찢어 삼켜 버리겠다."

거대해진 트리스는 광기 서린 눈빛으로 키득거렸다. 무혼은 인상을 살짝 찌푸리며 트리스를 노려봤다. 신상 마족의 형태로 있던 트리스가 순식간에 거대한 악마 같은 형태로 변할 줄이야.

그러나 트리스는 단순히 덩치만 커진 것이 아니었다. 그의 전신에서 진동하는 마기의 파동은 지난번 무혼이 해치웠던 두 마족들의 힘을 월등히 능가했다.

그런 강력한 마족들이 무려 셋이라!

따라서 만일 그들 모두가 한 번에 합공을 해 왔다면 무혼도 상대하기가 제법 까다로웠을지도 모른다. 그러나 마족들은 무혼을 마치 낮잠을 자던 중 성가시게 구는 파리 정도로 취급하고 있었다.

바로 그것이 어쩌면 마족들에게 미량이나마 존재했을지도 모르는 아주 희박한 승산의 가능성마저 완전히 사라지게 만들었다.

사실 무혼이 짐짓 기세를 낮춰 그들의 방심을 유도한 것도 있었지만, 그들이 설사 방심을 하지 않았다 해도 엘리나이젤의 의지를 거의 장악하기 직전인 지금의 상황에서 셋이 동시에 무혼을 향해 협공을 가해 오지는 못했을 것이다. 그들 모두가 일제히 손을 빼 버리면 엘리나이젤이 다시 정신을 차릴 테니까.

'일단 저놈부터!'

무혼은 마족 중 하나만 나섰지만 방심을 하지 않았다. 방심은커녕 작은 빈틈이라도 발견할 경우 가차 없이 기습을 날리는 전형적인 살객으로서의 기본에 충실했다.

스―팟!

무혼의 몸이 신검합일(身劍合一)의 형태로 검과 함께 날아가 그야말로 눈 깜짝할 사이에 트리스의 가슴을 관통해 버렸다. 작은 신상 마족의 형태였던 트리스가 본체로 변신해 자신의 거대한 동체를 드러낸 직후 생겨난 일시적인 시야 혼동 상태를 노린 적시의 기습이었다.

Chapter 6
엘프의 수호 정령

　콰아앙!

　귀를 찢을 듯한 폭음과 함께 트리스의 거대한 동체가 부르르 떨렸다.

　"끄으으으! 이런 말도 안 되는……."

　암흑 마나의 진원이 존재하던 자신의 다크 하트가 눈 깜짝할 사이에 박살 나 있는 것을 확인한 트리스는 충격에 휩싸였다. 동시에 다크 하트에 응축되어 있던 암흑 마나가 오크의 가면을 쓴 인간의 몸으로 빠르게 흡수되고 있는 믿기지 않은 상황에 치를 떨었다.

　츠으으읏!

무혼의 마기 흡수 속도는 가공할 만큼 빨랐다. 처음 마기를 흡수할 때는 다소 시간이 걸렸지만 이제는 전마심법을 운용하면 마치 자석을 향해 달라붙는 쇠못처럼 검붉은 마기가 무혼의 몸으로 순식간에 달라붙어 흡수되어 버렸다.

트리스가 거대 악마 형상의 동체로 변신한 것과 무혼이 잽싸게 날아가 그의 다크 하트를 파괴한 것, 그리고 그로 인해 흩어진 마기를 모조리 흡수한 것은 거의 동시에 벌어진 일처럼 빠르게 이루어졌다.

쩌저저적—

마족으로서의 힘의 근원이 사라진 트리스의 몸체에 균열이 일더니 이내 산산조각이 나 바닥으로 무너져 내렸다.

"감히! 트리스를! 용서 못 한다!"

그사이 상황의 심각성을 파악했는지 두 마족이 무혼을 사납게 노려봤다.

"크으! 일단 저놈부터 죽여야겠다."

"어쩔 수 없이 엘리나이젤의 의지를 장악하는 건 뒤로 미뤄야 하겠군."

무혼으로 인해 자신들의 형제인 트리스가 죽었다. 뿐만 아니라 지난 일백 년 동안 공을 들인 일이 수포로 돌아가게 되었으니 그들의 분노는 상상을 초월했다.

슈우우우우웅!

곧바로 거대한 암흑의 창이 무혼을 향해 빛살 같은 속도로 날아왔다. 그 창은 눈 깜짝할 사이에 무혼의 몸을 관통해 버렸다.

스스스.

암흑의 창에 꿰뚫린 무혼의 몸이 먼지처럼 부서져 흩어졌다.

물론 그것은 전마무영보로 인해 형성된 무혼의 분신이었다. 그사이 무혼의 본신은 자신에게 암흑의 창을 날린 이리타의 우측으로 접근했고, 이내 그의 검에서 무수한 검영(劍影)들이 폭사해 나갔다.

파파파팟—

이리타는 흠칫 놀라더니 곧바로 시커먼 장벽을 만들었다. 그러자 무혼이 날린 검영들이 그 장벽 안으로 흡수되듯 빨려들어 소멸되어 버렸다.

무혼의 두 눈에 놀라움이 스쳤다.

'마법이나 주술의 일종인가 보군.'

검격을 막아 내거나 피해 내는 것이 아니라 그대로 흡수해 소멸시켜 버리는 비술(秘術)이 존재할 줄이야. 그야말로 기괴하기 짝이 없었다.

그러나 지금은 놀라고 있을 때가 아니었다. 음침한 웃음소리와 함께 전방에 위치한 이리타의 몸에서 시뻘건 핏빛의 실들이 무수히 뻗어 나오는 것이었다.

무혼은 냉소했다.

"쓸데없는 짓을 하는군."

스파팟―

무혼의 검에 의해 형성된 검풍 앞에 혈선(血線)들은 무더기로 잘려 나갔다. 그런데 놀랍게도 잘려진 혈선들이 스스로 움직이며 다시 붙어 버리는 것이 아닌가?

촤아아아아!

그사이 무혼의 뒤쪽으로 접근한 세붐의 몸에서도 무수한 혈선들이 뻗어 나왔다.

무혼은 검풍을 일으켜 주변으로 혈선들이 접근하지 못하게 차단했지만, 혈선들의 숫자는 이 방대한 지하 공간을 가득 메울 만큼 지속적으로 늘어 갔다.

추아아아아아―

촤아아아아악―

가느다랗지만 섬뜩한 핏빛을 띠는 그 무수한 혈선들은 어느새 수천 겹의 그물처럼 무혼의 주위를 겹겹이 에워쌌다. 오직 검풍이 몰아치고 있는 무혼의 주변에만 혈선들이 접근하지 못하고 있을 뿐이었다.

그사이 거대한 악마 형상의 본신으로 화한 이리타가 키득거리며 무혼을 노려봤다.

"가소로운 인간 놈! 그러고 보니 네가 바로 라사라 님이 주의하라 말한 그 인간이로군. 드래곤을 가장해 감히 우리 마족들에게 도전한다는 그 겁 없는 인간 말이야."

이리타에 이어 세붐도 무혼을 노려보며 말했다.

"네놈의 정체를 밝혀라. 혹시 드래곤의 하수인은 아니냐?"

그 말에 무혼은 싸늘히 웃었다.

"사악한 유레아즈의 졸개 놈들! 너희들은 오늘 내게 모두 죽는다."

"끽끽끽! 어리석은 인간 놈! 그물에 갇힌 물고기 신세가 되었으면서도 큰소리를 치는 것이냐?"

"쿠흐흐흣! 광혈의 망에 걸린 이상 넌 이제 끝이다! 광기에 물든 그 핏빛의 선들이 날카로운 칼로 변해 네 몸을 수만 조각으로 잘라 버릴 것이다."

이 많은 선들이 모두 칼처럼 날카롭게 변한다니 놀라운 일이었지만 무혼은 담담히 물었다.

"이 혈선들이 그토록 대단한 것인가?"

"그야 물론이지. 위대한 마족만이 펼칠 수 있는 암흑 진원의 주술을 하찮은 인간인 네놈이 어찌 막아 낼 수 있겠느냐? 큭큭큭!"

"흥! 암흑 진원의 주술을 왜 너희들만 펼칠 수 있다 생각하는 건가?"

곧바로 무혼의 두 눈에 흑색의 빛이 번뜩였다.

"루브랄…… 예그이즈칼!"

이곳과 같은 암흑의 주술 결계 속에서만 펼칠 수 있는 불의 징계라는 주술이었다. 상대가 마족들인 만큼 무혼은 진원마기를 최대한 끌어 올렸다.

화르르르르—

무혼의 몸을 중심으로 시뻘건 화염이 둥그런 파동처럼 사방으로 퍼져 나갔다. 화염의 파동이 스치고 지나가자 혈선들이 모두 불에 휩싸이더니 이윽고 맥없이 툭툭 끊어져 버렸다.

"이럴 수가! 어떻게 네가 암흑 진원의 주술을!"

이리타는 두 눈을 부릅떴다. 그는 마족들만 펼칠 수 있는 암흑 진원의 주술을 무혼이 펼쳐 낸다는 것이 도무지 믿기지 않았다.

물론 이리타가 보기에 무혼이 방금 전 펼친 불의 징계라는 주술은 그리 대단한 것은 아니었다. 어지간한 마족들이라면 누구나 알고 있는 평이한 주술에 불과했으니까.

오히려 이리타와 세붐이 조금 전 펼친 '광혈의 망'이라는 주술이 훨씬 상급의 주술이었다. 그러나 그럼에도 광혈의 망이 깨어진 것은 무혼이 가진 암흑 진원의 힘이 그만큼 강력하기 때문이었다.

이는 똑같은 무기라 해도 힘이 약한 어린 아이가 들었을 때와 힘이 강한 어른이 들었을 때 그 위력이 현저히 다른 것과 같다.

방금 전 트리스까지 포함해 지금까지 도합 마족 셋의 진원을 흡수한 무혼의 진원마기 절대량은 이리타와 세붐을 훨씬 능가했다. 따라서 무혼이 진원마기를 대거 끌어 올려 펼친 불의 징계의 위력은 광혈의 망의 모든 혈선들을 잿더미로 만들기 충분했다.

그렇다 해도 그 위력은 이리타와 세붐의 본신에 타격을 줄 정도는 아니었다. 불의 징계에서 비롯된 화염은 이리타와 세붐의 본신 근처에서 가볍게 소멸되어 버렸다.

'노…… 놈이 사라졌다!'

그런데 이리타와 세붐이 놀라고 있는 사이 무혼의 신형이 그들의 시야에서 감쪽같이 사라져 버렸다.

물론 그들은 무혼의 위치를 어렵지 않게 찾아냈다. 자신들이 직접 펼쳐 놓은 이 암흑 주술 공간의 특성상 무혼이 어디에 있든 그들의 이목에서 벗어날 수는 없었다.

'뒤쪽이다!'

이리타는 무혼이 자신의 뒤쪽으로 이동해 있음을 찰나간에 눈치채고 고개를 돌렸다. 그러나 무혼의 종적을 놓쳤던 그 찰나간의 틈이 문제였다.

그리고 그 결과는 실로 처참했다.

콰아아앙!

이리타가 고개를 돌림과 동시에 그의 가슴으로 엄습한 강기가 그의 심장을 무참히 박살내더니 연이어 하얀 섬광이 번쩍이며 아리타의 목을 잘라 버렸다.

"꾸…… 꾸어어어억!"

이리타의 목이 바닥을 굴렀고 그의 몸체는 맥없이 허물어졌다. 곧이어 부서진 다크 하트에서 빠져나온 검붉은 마기가 무혼의 몸을 실타래 치듯 휘돌며 흡수되었다. 그 모습은 마치 검붉은 오러가 무혼의 몸을 휘감고 있는 것처럼 보였다.

"이제 너 하나 남았군."

무혼은 쓰러진 이리타의 거대한 몸체 위에 선 채로 세붐을 무심히 노려봤다.

"크으……! 이럴 수가!"

세붐은 자신 역시 앞서 죽은 두 형제 트리스, 이리타와 같은 처지가 될지도 모른다는 불길한 느낌에 몸을 떨었다. 이미 무혼의 기세에 압도된 그는 뒷걸음질 치기만 할 뿐 섣불리 반격을 시도하지 않았다.

"너…… 넌 대체 누구냐?"

"지금 상황에서 굳이 내가 누군지 알 필요가 있느냐?"

"정체를 밝혀라. 너는 혹시 드래곤이냐?"

"내가 드래곤이 아니라는 사실은 이미 너도 알고 있을 텐데."

그러자 세붐의 붉은 홍채가 혼란스레 흔들렸다.

무혼이 드래곤이 아니라는 사실은 확실히 그도 알고 있

었다. 심지어 그는 무혼이 인간이라는 사실도 알고 있는 터였다. 그러나 왠지 그것을 인정하고 싶지 않았다.

"정말로 너는 인간이란 말이냐?"

"그렇다."

"크으으! 말도 안 돼. 인간이라면 이렇게 강할 수 없다. 인간이 어찌 마족에게 대항할 수 있다는 말이냐?"

트리스에 이어 이리타까지 무혼에게 죽음을 당하자 세 붐이 받은 충격은 상상을 초월했다. 어찌 오크의 가면을 쓰고 있는 하찮은 인간이 마족 둘을, 그것도 엘리나이젤의 힘을 흡수해 더욱 강해진 그들을 이토록 쉽게 해치울 수 있는지 세붐으로서는 도무지 이해할 수 없었다.

그가 어찌 짐작이나 할 수 있을까? 조금 전, 마족들이 자신들의 주술을 인간인 무혼이 펼치는 모습에 놀라던 그 순간의 틈을 노려 무혼은 전마무영보를 시전했다.

무혼은 그야말로 번개처럼 시야의 사각지대로 이동해 기습을 날린 것이었다.

무혼에게 있어 주술은 검술로 상대를 공격할 때의 보조 수단에 불과할 뿐, 애초부터 주술로 이들에게 치명적인 타격을 입히겠다는 생각은 없었다.

어떤 방법을 동원하든 일단 상대의 심리를 흔들 수만 있 다면, 그 순간부터 상대는 기선을 제압당해 무혼의 의도대 로 움직이다 죽음을 당하게 된다. 여기에는 인간이건 몬스터건, 마족이건 어느 누구도 예외가 될 수 없었다.

무혼에게 가장 상대하기 까다로운 적이 있다면 그 어떤 상황에도 흔들리지 않는 부동심(不動心)을 가진 적일 것이다. 지금까지 무혼이 만나 본 마족들은 가진 힘에 비해 마음이 그리 강력하지 못했기에 부동심과는 거리가 멀었다.

지금 무혼의 기세에 제압된 세붐도 마찬가지였다. 세붐은 그동안 자신이 가진 압도적인 암흑 마나의 힘으로 적들을 손쉽게 제압하기만 했지, 자신과 비슷하거나 혹은 더욱 강력한 적을 상대로 생사의 간극에 서서 전투를 벌여 본 경험이 없었다.

마계에서는 강자가 나타나면 싸우기보다는 굴복할 뿐이다. 세붐과 그의 형제들이 마왕 유레아즈의 권속이 된 것도 그런 방식이었으니까.

따라서 이길 수 있는 약한 적들을 상대로 쉬운 전투만을 경험해 왔던 세붐에게 무혼의 존재는 경악 그 자체로 다가왔다. 무엇보다 무혼이 인간이기에 세붐은 더더욱 그 사실을 받아들일 수 없었다. 인간이란 당연히 마족보다 약해야 했기에!

전투에서 자신의 고정관념을 깨는 대상이 나타나면 그 즉시 그와 같은 사실을 인정하고 그에 민첩하게 대응해야 살아남을 수 있을 것이다. 그러나 세붐은 절대로 인간이 자신보다 강하다는 사실을 인정할 수 없었다.

그래도 그는 한갓 인간에게 자신이 두려움을 느낀다는 사실에 화가 났다. 그러나 그의 두려움이 분노로 바뀌는 순간, 특이하게도 그는 냉정함을 되찾았다.

그의 눈빛이 싸늘히 번쩍였다.

"인간! 요행히 트리스와 이리타를 쓰러뜨렸을 뿐 그따위 잔재주가 내게 또 통할 것이라 생각하지 마라."

"네 말대로 계속 잔재주를 부려 볼 테니 어디 한번 막아 봐."

무혼은 차갑게 웃으며 검을 슬쩍 휘둘렀다.

팟—

달빛처럼 새하얀 검기가 공간을 타고 날아갔다.

순간 세붐의 왼손에 커다란 흑색의 방패가 생겨났다. 놀랍게도 그 방패는 무혼의 검기를 흡수해 소멸시켜 버리는 것이었다.

무혼은 사실 검기가 세붐의 지척에 이르면 잽싸게 방향을 바꿔 세붐의 심리를 흔들리게 만들고 그사이 드러난 빈틈을 향해 기습을 날릴 생각이었다.

그런데 검기가 무력하게 세붐의 흑색 방패로 빨려 들어 소멸되어 버리니 그 방법이 통하지 않았다.

세붐은 키득거렸다.

"인간! 이따위 허접한 공격 말고 다른 건 없느냐? 물론 너의 어떠한 공격도 내게 통하지 않겠지만."

"과연 그럴까?"

무혼은 세붐의 흑색 방패를 향해 전마폭의 내기를 담아 검을 날려 보냈다. 과연 그 흑색 방패의 방어 능력이 어느 정도인지 궁금해서였다.

쉬이이이—

무혼의 검이 파공음을 내며 날아들었지만 세붐은 당황하지 않았다.

그는 비릿한 조소를 날리며 방패로 검을 막았다. 순간 무혼의 검이 방패 속으로 흡수되더니 그대로 사라져 버렸다.

'저럴 수가!'

무혼은 놀라움을 금치 못했다. 비록 일 갑자의 내공으로만 펼친 것이었지만 전마폭의 내기가 담긴 검의 폭발력은 상상을 초월한다. 만일 세붐의 몸체에 그것이 작렬했다면 세붐은 지금쯤 산산조각 나 형체도 찾을 수 없었을 것이다.

그런데 세붐의 방패는 전마폭의 검을 아주 가볍게 흡수해 버렸다. 대체 저 방패의 정체가 무엇이기에?

세붐이 득의의 미소를 흘리며 말했다.

"쿠흐흐훗! 보았느냐? 하찮은 인간 놈! 이 방패는 네가 알고 있는 보통의 방패와는 차원이 다른 방패다. 어디 또 발악을 해 봐라. 잔재주를 부려 보란 말이닷!"

그러자 무혼은 아공간에서 롱소드 하나를 빼내 손에 쥐고는 말했다.

"네 방패가 대단한 건 인정해 주지. 하지만 방패의 위력이 훌륭하다고 해서 네가 날 이길 수 있다고 착각하지는 마라."

그 말이 끝나자마자 무혼의 신형은 두 개의 분신으로 분화되었다.

스스스!

두 개가 네 개로, 다시 여덟 개로 늘었다. 그리고 그 여덟 개의 분신이 동시에 세붐을 향해 달려들었다. 순간 세붐의 방패가 크게 확산되더니 무혼의 분신들을 자석처럼 끌어당겨 흡수했다.

"크크큭! 마계로 들어가 영원한 미아가 되어 보거라, 이 애송이 인간 놈!"

세붐의 방패에는 적의 공격이나 무기를 마계의 아득한 공간으로 날려 버리는 가공할 위력이 있었다. 근거리에서는 강력한 흡입력도 작용했기에 무혼의 분신들이 모조리 세붐의 방패로 빨려 들어 사라져 버렸다.

"후흐흐흐! 역시 별거 아닌 놈이었다."

세붐은 승리를 확신했다. 도합 여덟 개의 분신을 흡수했으니 그중에 무혼의 본신도 포함되어 있을 것이란 생각에서였다.

콰아아앙!

그러나 그는 이내 자신의 가슴에 위치한 다크 하트가 무자비하게 박살 나는 꾕음을 듣고 소스라치게 놀랐다. 알고 보니 무혼의 마지막 남아 있는 하나의 분신, 아니, 본신이 숨어 있다가 번개처럼 다가와 검강을 휘두른 것이었다.

"크으윽! 분명 여덟 개였는데 언제 한 개를 또 만들었느냐?"

"처음부터 아홉 개였지. 네가 보지 못하게 겹쳐 있었을 뿐이다."

세붐이 인상을 구겼다.

"비…… 비겁한! 그따위 치졸한 속임수를 쓰느냐?"

무혼은 마족에게 비겁하다는 말을 들으니 어이가 없었다.

"어리석군. 싸움의 기본이 바로 속임수다. 적을 속여야 이길 수 있는 것이지. 넌 그저 강한 힘과 특별한 주술의 힘에만 의존했을 뿐 싸움의 가장 간단한 기본조차 모르고 있구나."

그 말과 함께 무혼은 가차 없이 검을 휘둘러 세붐의 목을 잘라 버렸다.

스컥!

이미 다크 하트가 박살 나 무너지기 직전이었던 세붐의 몸체는 목까지 잘리자 더 이상 버티지 못하고 널브러졌다.

츠으으읏.

곧바로 세붐의 진원마기를 흡수한 무혼은 거대한 나무가 있는 곳으로 걸어갔다.

다름 아닌 엘프의 수호 정령 엘리나이젤. 그의 거대한 몸체는 미세하게 떨리고 있었다. 그것을 본 무혼은 그가 아직 살아 있음을 깨달았다.

무혼은 아까 주술 '불의 징계'를 펼치며 그 피해가 엘리나이젤에게 가지는 않도록 조절했었다. 자칫 불의 징계의 화염 타격으로 인해 가까스로 붙어 있는 엘리나이젤의 숨이 끊어질지도 모른다는 생각에서였다.

"살아는 있는 거요, 엘리나이젤?"

그러자 미세한 음성이 무혼의 귀로 스며들었다.

—허어! 나의 옛 친구들은 다 어디 가고 생면부지의 인간이 날 찾아와 구해 주었단 말인가? 정말로 놀랍소. 인간인 그대가 마족들을 쓰러뜨리다니…….

엘리나이젤의 음성인 듯했다. 무혼은 엘리나이젤을 쳐다봤다.

"나는 엘프들의 부탁으로 당신을 괴롭히는 마족들을 죽이러 왔소. 마족들이 사라졌으니 이제 당신은 수호 정령으로서의 힘을 회복하도록 하시오."

순간 짙푸른 서광이 일어나더니 엘리나이젤의 거대한 몸체가 먼지처럼 부서져 내렸다. 그리고 그 사이로 백발이 성성한 노인 형상의 정령 하나가 비틀거리며 일어났다. 정령의 두 눈은 신비하게도 황금빛이었다.

무혼이 놀라자 정령은 씁쓸히 웃었다.

"쿨룩……! 놀랄 것 없소. 내가 바로 엘프의 수호 정령 엘리나이젤이오."

힘없이 웃는 정령 엘리나이젤의 몸체는 이윽고 흐릿한 그림자의 형태로 화했다. 그림자의 색은 점점 흐릿해지며 금세라도 흩어질 듯 위태해 보였다.

"쿨룩! 쿨룩……!"

영체 상태로 존재하는 정령도 기침을 하는 것인가? 몸이 안 좋으면 기침을 하는 건 인간이나 정령이나 다를 바 없는 모양이었다.

"상태가 상당히 좋지 않은 듯하군요."

"쿨룩! 허허허! 놈들에게 그토록 당하고도 살아 있다는 것 자체가 기적 아니겠소……."

엘리나이젤은 허탈하게 웃더니 이내 무혼을 향해 꾸벅 절을 하는 것이었다.

"긴 세월 동안 막연하게나마 친구들이 찾아오기를 기다렸건만 그들이 아닌 인간에게 구함을 받을 줄은 정말 상상도 못 했소. 날 구해 주어 진정 고맙소."

무혼은 백발이 성성한 노인 정령의 절을 받자 왠지 민망해 함께 허리를 숙였다.

"그렇다고 이렇게 절을 할 것까지는 없소. 그만 일어나시지요."

"쿠……쿨룩! 아니오. 당신은 나의 은인일 뿐 아니라 엘프들에게도 영원한 은인이오. 수천 번 절을 한다 해도 부족할 뿐이오. 허허허!"

"그보다는 어서 몸을 회복하는 게 우선일 것 같소."

그러자 엘리나이젤은 비통한 표정으로 고개를 흔들었다.

"쿨룩……! 그게 난 이미 트……틀렸소. 마족들에게 나의 정기를 흡수당해 수호 정령으로서의 모든 힘을 상실했소이다. 내겐 더 이상 엘프들을 지켜 줄 만한 힘이 없소. 쿨룩!"

"그 상실한 힘을 회복할 방법은 없는 것이오?"

"쿨룩! 이미 사라진 힘을 어찌 회복할 수 있겠소? 마족놈들에게 의지를 제압당해 그들의 노예가 되지 않았다는 것만으로도 다행일 뿐……."

엘리나이젤은 허탈한 표정으로 대답했다. 그런데 돌연 그의 두 눈이 뭔가를 보았는지 크게 확대되었다. 무혼은 엘리나이젤의 시선이 머무는 곳으로 고개를 돌렸다.

'저들은?'

그들은 아까 무혼이 이곳으로 들어오면서 쓰러뜨렸던 언데드 엘프들이었다. 무혼에게 목이 잘리거나 심장이 관통당하는 치명상을 입고도 그들이 멀쩡히 살아 있는 이유는 그들이 죽지 않는 언데드들이기 때문이었다.

그러나 그렇다고 완전한 불사의 존재는 아니었다. 그들을 언데드로 만들었던 마족의 힘이 사라지는 순간 그들은 그 즉시 소멸되어 먼지로 화해 버릴 운명이었으니까.

무혼이 놀란 것은 바로 그것 때문이었다. 조금 전 무혼의 손에 마족들이 모두 제거된 이상 그들로 인해 언데드가 된 엘프들도 모두 소멸되었어야 했다.

그런데 그들은 왜 소멸되지 않는 것인가? 기이한 것은 언데드 엘프들 모두가 모두 무혼을 두려움이 가득한 표정으로 쳐다보며 눈치를 보고 있는 것이었다. 그 두려움은 마치 항거할 수 없는 절대적인 존재를 대하는 듯했다.

'설마?'

무혼은 이 이해할 수 없는 사태가 비로소 자신이 흡수한 마족들의 진원마기로 인해 벌어진 일임을 깨달았다. 마족들은 죽었지만 그들의 진원마기는 흩어지지 않고 무혼의 단전에 흡수되어 남아 있기에 언데드 엘프들도 무사할 수 있었던 것이었다.

'이런 어이없는 일이 있나.'

무혼은 난감한 표정으로 그들을 쳐다봤다. 그때 엘리나 이젤 역시 그러한 상황을 눈치챈 듯 무혼을 놀라운 표정으로 쳐다봤다.

"이……이럴 수가! 설마 당신은 마족들이 가진 암흑 마나의 진원을 흡수한 것이오?"

이미 알고 물어보는 듯하니 무혼은 굳이 숨길 필요는 없다 생각해 고개를 끄덕였다.

"자세히 설명하긴 곤란하지만 내겐 분명 그런 능력이 있소."

"쿠…… 쿨룩! 정말로 그게 가능하다니 놀랍소. 당신은 마족이 아닌 인간인데, 인간이 어찌 그런 놀라운 능력을……."

무혼은 씁쓸히 웃었다.

"난 마족과는 절대 상존할 수 없는 사이요. 솔직히 말하면 난 지금 마족들과 전쟁 중이오. 오늘 해치운 마족들뿐 아니라 이로이다 대륙 곳곳에 도사리고 있는 마족들을 장차 모조리 해치워야 할 상황이지요. 특히 놈들의 수괴인 마왕 유레아즈란 놈이야말로 나의 진정한 원수라 할 수 있소."

"……!"

엘리나이젤의 표정은 더욱 경악으로 물들었다. 그 역시 마계의 마왕 유레아즈에 대해 잘 알고 있었다. 그가 얼마나 무서운 자이며 어떤 끔찍한 일을 벌이려 하는지도 말이다.

Chapter 7
진원심법(眞元心法)

　마계에는 수많은 마왕들이 존재한다. 가히 무한대에 가까운 거대한 영역에 걸쳐 산재하는 그 많은 마왕들의 숫자를 헤아리는 것은 불가능한 일이다.

　그런데 고대로부터 유독 이로이다 대륙을 집어삼키려는 마왕이 있었으니, 그가 바로 유레아즈였다. 수많은 끔찍한 불행과 재앙의 근원, 죽음과 절망의 화신이 바로 그였다.

　다행히 대략 천 년 전 위대한 대마도사 필리우스가 유레아즈의 세력을 패퇴시킨 이후 대륙은 평화로웠다.

　그런데 백여 년 전부터 마족들이 은밀히 출현해 암중으로 이로이다 대륙을 다시 장악해 나가기 시작했다.

그들은 어둠 속에서만 은밀히 행동했기에 세상은 그들이 출현했다는 사실을 알지 못했다. 엘프의 수호 정령 엘리나이젤의 고통 또한 마찬가지였다.

무엇보다 큰 문제는 드래곤들의 반응이었다. 고귀하고 현명하며 강한 드래곤들은 마족들을 능가하는 힘을 가지고 있으면서도, 마족들의 횡포를 방관하고 있었다.

엘리나이젤은 지난 백 년 동안 마족들에게 고통을 받으며 자신의 옛 친구들, 즉 드래곤들을 무척 원망했다.

그들이 고통 받는 친구를 외면하는 것은 그나마 이해할 수 있었다. 그들이 다른 일로 바쁠 수도 있고, 혹은 몸이 아프거나 피곤해서 움직이지 못할 수도 있기 때문이다.

물론 드래곤들이 몸이 아프거나 피곤해서 움직이지 못하는 경우란 거의 없다는 것을 엘리나이젤은 아주 잘 알고 있지만, 어쨌든 그래도 친구의 고통을 외면하는 것은 어떻게든 이해해 보려고 애썼다.

도움과 구조를 청해야만 하는 비참한 신세에 있는 친구를 드래곤들이 부담스러워할 수도 있으리라. 어쩌면 더 이상 드래곤들은 자신을 친구로 생각하지 않을 수도 있는 일이라며 엘리나이젤은 자조에 빠지기도 했다.

따라서 그는 마족들에게 무력하게 당하는 자신의 무능함을 탓할 뿐, 적어도 그것 때문에 드래곤들을 원망하고 싶지는 않았다. 혹시 그들이 뒤늦게라도 친구의 고통을 외면하지 않고 달려와 도움을 주지 않을까 기대하는 면도 있었기에.

그러나 한 가지 엘리나이젤이 도저히 이해할 수 없는 부분이 있었으니, 그것은 드래곤들이 마족들의 횡포를 방관하는 것이었다.

마족들이 누구인가? 그들은 파멸자들이다. 자신들을 제외한 모든 것들을 파괴하고 피와 살육의 축제를 즐기는 자들이다.

그런 마족들을 드래곤들이 무슨 이유에선지 경계하지 않고 있었다. 마족들이 이 땅에 들어와 음모를 꾸미고 있는 것을 설마 드래곤들이 모르고 있다는 말인가?

절대 그럴 리가 없었다.

처음에는 혹시 그 사실을 몰랐을 수도 있다. 그러나 그동안 엘프들이 숱하게 가서 도움을 요청했을 것이다. 그럼에도 그들이 움직이지 않았다는 것은 그들의 의지가 마족들을 응징하지 않겠다는 데 있다는 것을 의미했다.

그것은 엘리나이젤이 도저히 이해할 수 없는 일이었다. 아니, 절대로 용서할 수 없는 일이었다.

마족들을 방치하는 것이 얼마나 끔찍한 일을 초래할지 드래곤들은 정녕 모른다는 말인가? 여전히 낮에 밝은 태양은 떠오르고 밤에는 수많은 별들이 하늘을 아름답게 밝히고 있으니 앞으로도 계속 세상은 평화롭고 아름다울 것이라 착각하고 있는 것인가?

물론 겉보기에 세상은 평화로워 보일지도 모른다.

그러나 조만간 낮이 사라지고 오직 암흑만이 존재하는 재앙의 시대가 도래하게 될 것이다. 아무리 외면하려 해도 마족들이 세상에 나타난 이상, 그들이 제거되지 않는 이상, 그때는 반드시 도래한다.

저주와 어둠의 태양이 하늘에 떠오르는 바로 그때, 피와 살육의 별들이 밤하늘을 가득 메우는 바로 그때, 사악한 마족들의 군대 행진곡이 세상에 울려 퍼지게 될 것이다.

도처에서 사자(死者)들의 장송곡이 들려오고 살아남은 이는 그저 아무런 희망이 없이 오직 죽음만을 기다려야 하는 그때가 반드시 도래한다.

그러한 재앙은 드래곤들에게도 반드시 엄습할 것이다. 그때 가서 드래곤들이 자신들의 과오를 아무리 후회해 봤자 소용없을 텐데도 그들은 마족들을 방치하는 어리석음을 범하고 있었다.

지난 백 년의 세월 동안 엘리나이젤은 참담한 마음으로 드래곤들이 움직여 주기를 기다렸지만 드래곤들은 요지부동이었다.

그 사실이 엘리나이젤을 더욱 절망에 빠지게 했다.

그런데.

짙은 실의와 절망의 늪에 잠겨 있던 엘리나이젤에게 무

혼이라는 특별한 인간의 출현은 매우 충격적인 일이 아닐 수 없었다.

세상에 마족들을 죽일 뿐만 아니라 그들의 진원까지 흡수해 더욱 강해지는 인간이 존재할 줄이야.

그렇다면 그는 마족 포식자였다. 나아가 어쩌면 마족의 천적(天敵)일 수도 있었다.

천적이 무엇인가?

천적이란 특정 대상을 아주 손쉽게 제압할 수 있는 능력을 가진 존재라 할 수 있다. 엘리나이젤은 마족에게 있어 무혼이 바로 그러한 천적과 같은 존재가 될 것이라 생각했다.

대체 그러한 놀라운 능력이 어떻게 한 인간에게 주어졌는지 모르지만, 이 암울한 멸망의 시대가 도래하기 직전에 마족의 천적이 될 만한 존재가 출현했다는 것은 엘리나이젤에게는 어둠 속에 서광이 비치는 것처럼 희망적인 일이었다.

엘리나이젤은 무혼을 향해 간절히 말했다.

"부탁드리겠소. 천 년 전 필리우스 님이 마족들을 물리쳤던 것처럼 부디 사악한 마족들로부터 이로이다 대륙을 구해 주시오."

무혼은 담담히 미소 지었다.

"내게 굳이 그런 부탁을 하지 않아도 난 마족들과 공존

할 수 없는 몸이오. 머지않아 놈들은 모조리 제거될 테니 안심하시오. 그러면 난 바쁘니 이만 가보겠소."

"자, 잠깐! 기다려 주시오."

엘리나이젤은 급히 무혼을 불렀다.

무혼이 고개를 돌리자 엘리나이젤은 언데드 엘프들을 가리키며 말했다.

"당신이 원한 바는 아니겠지만 저 아이들은 지금 당신의 권속이 되었소. 저 불쌍한 아이들을 어찌할 생각이시오?"

솔직히 무혼으로서는 언데드 엘프들이 어떻게 되든 그다지 신경 쓰고 싶지 않았다. 그러나 엘리나이젤의 말대로 그들은 무혼의 권속이 되어 있었다. 무혼 스스로가 원하든 원하지 않든 그들을 무혼이 책임져야 할 것은 틀림없는 사실이었다.

무혼은 잠시 침묵하다가 입을 열었다.

"어쩔 수 없이 나의 권속이 되었지만 나는 저들을 나의 노예로 부리고 싶지는 않소. 나는 언데드를 부리는 마족이 아니오."

"허나 저들을 이대로 두면 죽지도 살지도 못한 채 영원히 이곳에 갇혀 살아야 하지요. 그것은 무척 괴로운 일일 것이오."

"그렇다면 어떻게 하는 게 좋겠소?"

그러자 엘리나이젤은 나직이 탄식하며 대답했다.

"차라리 저들을 소멸시켜 주는 게 어떻겠소? 추악한 언데드로 살아 있는 것 자체가 저들에겐 저주일 터이니……."

순간 그 말을 듣고 있던 언데드 엘프들이 다가오며 말했다.

"그…… 그렇습니다. 엘리나이젤 님의 말씀대로 우리를 소멸시켜 주시오. 점점 마귀가 되어 가는 나의 모습이 저주스럽소이다."

"부…… 부탁드립니다. 제…… 제발 우리를 죽여 주십시오……."

언데드 엘프들은 언뜻 보면 멀쩡해 보이지만 그들의 몸은 살아 있는 육체가 아니었다.

그들은 죽은 엘프의 육체를 가지고 있었다. 어둠의 옷에 감춰져 있을 뿐 속은 썩어 문드러진 곳이 태반이었다. 게다가 빛을 볼 수도 없고, 오직 어둠 속에서만 있어야 했다.

그러나 단순히 그것뿐이라면 큰 문제가 아닐 수도 있었다. 그냥 어둠 속에 웅크린 채 나름의 삶을 즐길 수 있을지도 모르니까.

문제는 그들이 죽은 육체를 가지고 있다 보니 살아 있는 육체에 대한 갈망이 생겨난다는 것이었다. 그것은 곧 살아 있는 존재의 피와 고기를 갈구하는 추악한 욕망으로 이어졌다. 또한 끝없이 무언가를 파괴하고 싶고 죽이고 싶은 욕망도 강렬해졌다.

다행히 그들은 생전에 비교적 굳건한 의지를 가진 엘프들이었기에 그러한 욕망들을 최대한 자제하고 있었다. 그러나 그것은 자제가 될 일이 아니었다. 시간이 흐를수록 의지는 흐려져 갈 것이고 결국은 추악한 언데드의 욕망만이 남아 있는 사악한 몬스터가 되어 세상에 그 광기를 분출하게 될 것이다.

천만다행인지 그동안에는 마족들의 지시로 인해 이곳을 지키는 임무를 매여 있느라 세상에 나갈 일이 없었다.

언데드인 그들에게 자신들의 욕망보다 우선하는 것이 있다면 그건 바로, 자신들을 권속으로 부리는 로드의 지시였다. 로드의 지시는 언데드들에게 절대적인 것이었다.

따라서 만일 무혼이 이곳에 남아 있으면서 언데드 엘프들을 통제한다면 그들은 적어도 세상에 해를 끼치지는 않을 것이다.

그러나 그들을 내버려 두고 간다면 어떤 일이 벌어질지는 뻔했다. 스스로를 제어할 의지 자체도 사라진 사악하고 파괴적인 언데드가 벌일 일은 굳이 설명하지 않아도 쉽게 추측이 가능하니까.

따라서 무혼은 언데드 엘프들을 소멸시키기로 결심했다. 그러나 문제는 그들을 어떻게 해야 소멸시킬 수 있는지 알 수 없다는 데 있었다.

무혼이 강력한 무공을 펼쳐 그들을 산산조각 내 버린다 해도, 그들은 완전히 죽지 않는다. 언데드인 이상 어느 정도 시간이 지나면 다시 몸체가 재생되며 어떻게든 살아나게 되어 있었다.

다시 말해 일시적인 충격을 주어 형상을 어그러뜨리거나 박살 낼 수는 있지만, 그것만으로 언데드인 그들을 완벽하게 소멸시키는 것은 불가능한 일이었다. 물론 무혼이 죽는다면 권속인 언데드 엘프들도 자연스레 죽게 되지만 그 방법을 사용할 수는 없는 일 아닌가?

"엘리나이젤, 당신은 혹시 언데드를 소멸시킬 수 있는 방법을 알고 있소?"

그러자 엘리나이젤은 무혼이 그것을 물어볼 줄 알았다는 듯 고개를 끄덕이며 대답했다.

"쿨룩! 우…… 우선 내 말을 들어 보시겠소? 이 문제는 설명이 좀 필요할 듯하군요."

"말씀해 보시오."

"사실 마족들은 자신이 가진 암흑 마나의 진원을 이용해 권속을 만들고 또 제거하고 있지요. 쿨룩……!"

그것은 무혼도 충분히 짐작하고 있는 바였다. 문제는 그 방법을 모른다는 것이었다.

엘리나이젤은 기침을 하며 말을 이었다.

"쿨룩! 쿨룩! 이거 기침이 또 나오는군. 아무튼 그러다 보니 지난 백 년 동안 마족들은 내 몸에 자신들이 가진 암흑 마나의 진원을 심으려 했소. 나를 그들의 권속으로 만들어 엘프들을 모두 마족의 노예로 만들 심산으로 말이오."

"정말 사악한 놈들이군요."

엘리나이젤은 고개를 끄덕였다.

"허나 나는 나의 의지로 그것을 거부했소. 그들은 날 강제로 자신들의 권속으로 만들려고 무수히 시도했지만, 엘프의 수호 정령인 나의 의지로 권속의 진원을 거부하는 이상, 내가 그들의 권속이 되는 건 절대 불가능한 일이었기 때문이오. 마족들은 나의 의지를 굴복시키려고 온갖 고통을 다 주었지만 난 절대 의지를 굽히지 않았소."

엘리나이젤은 씁쓸히 웃으며 말을 이었다.

"그런데 그러한 과정이 무수히 반복되다 보니 어이없게도 나는 자연스레 그들이 내게 어떠한 방법으로 권속의 진원을 만들려 하는지 그 원리를 모두 이해하게 되었소. 이를테면 놈들의 신체 내부를 흐르고 있는 암흑 마나의 복잡한 이동 경로를 모두 기억할 수 있게 된 것이지요."

그 말에 무혼의 두 눈이 커졌다.

"그렇다면?"

엘리나이젤은 빙그레 웃으며 고개를 끄덕였다.

"바로 그렇소. 따라서 나는 당신에게 그것들을 알려 주려 하오. 권속의 진원을 생성시키는 방법을 역으로 사용하면 저 불쌍한 언데드 엘프들에게 있는 권속의 진원을 제거할 수도 있을 테니."

무혼은 반색했다.

"그 방법이라면 충분히 가능성이 있을 것 같소."

무혼의 가슴이 세차게 뛰었다.

이는 단순히 언데드 엘프들을 소멸시키는 데만 필요한 것이 아니었다. 그렇지 않아도 무혼은 암흑의 진원마기를 통해 다른 이에게 진원을 만들어 줄 수 있는 방법을 찾고 있지 않았던가.

만일 권속의 진원을 생성시키는 게 가능하다면 무혼은 트레네 숲에 있는 초대형 몬스터 부하들의 몸에 마기의 진원을 심어 주어 그들이 암흑의 루스를 다룰 수 있게 할 수도 있었다.

그렇게 되면 그들은 지금보다 적게는 몇 배, 많게는 수십 배 이상 강해질 수도 있으리라.

무혼이 배우기를 원하자 엘리나이젤은 흔쾌히 그 원리를 차근차근 설명하기 시작했다. 그 원리는 무혼이 놀랄 정도로 상당히 복잡 난해했다.

'꽤 복잡하군. 전마심법보다 몇 배는 난해한 심법을 배우는 기분이야.'

그렇다면 마족들은 그토록 복잡한 원리를 모두 이해하고 있기에 진원마기를 쉽게 다룰 수 있는 것인가?

물론 그것은 아니었다. 마족의 신체 구조는 인간과 완전히 다르기에 진원을 생성하는 방법이 마족에게 있어서는 숨을 쉬듯 자연스러운 과정일 가능성이 높았다. 아무런 이론적 이해가 없을지라도 본능처럼 할 수 있다는 말이다.

그러나 인간인 무혼은 그 과정을 완벽하게 이해하지 못하면 권속의 진원을 절대 생성할 수 없었다. 따라서 무혼은 최대한 집중해서 그 과정을 이해하려고 노력했다.

무혼이 엘리나이젤의 설명을 이해하는 데만 사흘이 꼬박 걸렸다. 하긴, 엘리나이젤이 무려 백 년의 고통 속에서 터득한 그 비법을 어찌 그리 쉽게 이해할 수 있겠는가?

그리고 다시 이틀이 지났다. 마족들의 진원마기 사용 방법을 이해했다고 무혼이 즉각 그것을 사용할 수 있는 것은 아니었다. 무혼은 자신의 신체에 맞게 그 원리를 토대로 새로운 방법을 창안해 내야 했다.

진원심법(眞元心法).

그것은 일종의 새로운 심법이라 할 수 있었기에 무혼은 진원심법이라고 이름 지었다.

놀랍게도 진원심법은 전마심법보다 훨씬 강력하고도 효율적인 심법이었다. 내공을 운용하는 데 있어서도 말이다.

그러나 전마심법보다 효율적이고 새로운 심법을 알게

되었다 해서 곧장 그것을 버리고 새로운 진원심법으로 갈아탈 수는 없었다.

그렇게 되면 기존의 내공이 모두 흩어지거나 내단의 형태로 응축되게 되고, 단전에는 오직 진원마기만 자리 잡게 되기 때문이었다.

만일 내공과 진원마기가 하나로 융화될 수 있다면 얘기가 다르겠지만, 전마심법보다 몇 배는 효율적인 진원심법이라 해도 그 둘을 하나로 융화하기란 불가능했다.

따라서 내공은 기존의 전마심법을 통해 운공하되, 진원마기는 진원심법을 통해 운공하는 특별한 방법을 생각해 냈다.

정상적이라면 두 개의 심법이 충돌을 일으키겠지만, 무혼은 진원심법의 근원을 미간 근처인 상단전으로 이동시킴으로써 그 문제를 해결했다.

이로써 무혼의 상단전에는 진원심법을 통한 진원마기가, 하단전에는 본래대로 전마심법을 통한 내공이 자리를 잡았다.

그런데 무혼의 경우 하단전은 환골탈태를 통해 본래보다 대폭 확장되어 가히 수천 년 이상 내공이라도 능히 담을 수 있게 되었지만, 상단전은 그렇지 못했다.

그러다 보니 그동안 마족 다섯을 죽이고 그들의 다크 하트로부터 흡수한 막대한 진원마기를 보관하기가 쉽지 않았다. 하단전에 비해 부족하기 그지없는 상단전의 수용량 때문이었다.

후우우우우웅—

그로 인해 그동안에는 전마심법의 내공에 의해 방대한 하단전 한쪽에 얌전히 웅크리고 있었던 막대한 진원마기들이 마구 폭주하기 시작했다. 이는 무혼도 미처 예상하지 못한 일이었다.

'으윽! 이, 이건!'

여기서 제대로 대응을 하지 못하면 주화입마 때문에 폐인이 되거나, 혹은 상단전의 진원마기를 모두 포기해야 하는 최악의 상황이 올 수도 있었다.

그러나 이미 예전에 전마심법을 통해 환골탈태를 경험한 적 있던 무혼은 비교적 침착하게 이 사태를 수습할 방법을 생각해 냈다.

상단전의 수용량이 부족하면 상단전을 넓히면 된다. 전마심법으로 하단전의 환골탈태가 가능했으니, 그보다 훨씬 뛰어난 심법인 진원심법으로 상단전의 환골탈태가 불가능할 리가 없다는 것이 무혼의 생각이었다.

무혼은 폭주하는 진원마기들을 진원심법을 통해 제어하며 무아지경 속으로 빠져 들었다.

*　　　　*　　　　*

이로이다 대륙의 서쪽 끝. 흑색의 짙은 안개가 가득한 마스카 숲의 중앙에 위치한 거대한 탑의 최상층.

마치 암흑처럼 칙칙한 흑의 로브를 입은 여마법사 라사라는 커다란 원형의 탁자 앞에 앉아 자색의 수정구를 노려보고 있었다.

수정구 안에 얼굴이 비친 금발의 미청년 푸르카가 인상을 잔뜩 찌푸린 채 투덜거렸다.

"또 뭔가, 라사라! 또 무엇 때문에 나를 부른 것인가?"

그러자 라사라가 이를 갈며 말했다.

"크드득! 푸르카! 넌 나와의 약속을 지키지 않고 있어. 우리 마족들을 죽인 놈을 해치우겠다는 그 약속 말이야."

"또 그것 때문인가? 그놈은 조만간 처리될 것이니 염려 마라. 아그노스와 포르티를 보냈으니까. 그들은 매우 현명하고 강한 드래곤들이니 우릴 가장해 너희 마족들을 죽인 놈을 붙잡아 너희에게 바칠 것이다."

"흥! 과연 그럴까? 너희들이 미적거리고 있는 사이 마족 셋이 죽었어. 그것도 한자리에서!"

"뭐라고?"

푸르카의 표정은 경악으로 물들었다.

마족 셋이 한자리에서 죽었다는 것은 누군가 그들을 한 번에 죽였다는 것을 의미한다. 그것은 다시 말해 그 정체불명의 누군가의 힘이 마족 셋의 힘을 합한 것보다 강하다는 것을 의미한다.

'그런 말도 안 되는 일이 벌어졌다는 말인가? 대체 누가 그런 일을?'

그만한 전투력을 지닌 존재는 드래곤 중에서도 손가락에 꼽힐 정도라고 봐야 했다.

"라사라! 나는 네 말을 믿을 수 없다. 대체 누가 마족 셋을 한 번에 죽일 수 있다는 말인가?"

"흥! 너는 내가 말도 안 되는 헛소리를 한다고 생각하느냐?"

"물론이다. 어찌 그리 터무니없는 소리를 하며 나를 귀찮게 하는 건지 모르겠군."

"터무니없는 소리가 아니라 사실이야. 이리타, 세붐, 트리스 삼 형제가 죽었어. 그들은 모두 약한 녀석들이 아니란 말이야."

"정말로 그런 일이 벌어졌다면 어이없군. 그런데 설마 너는 또 우리 드래곤들을 의심하고 있는 것인가?"

그러자 라사라는 차갑게 웃으며 말했다.

"그러면 넌 하찮은 인간들이나 오크들이 그런 일을 벌였다고 생각해? 난 너희 드래곤들 외에는 그런 일을 벌일 놈들이 없다는 결론을 내렸다."

순간 푸르카의 두 눈에서 분노의 광망이 번뜩였다.

"라사라! 정녕 네가 날 분노케 하느냐? 공연히 생트집 잡지 마라. 만일 우리 드래곤들 중에 그런 일을 벌인 놈들이 있다면 내가 친히 그들을 갈가리 찢어 죽여 버리겠다."

"그 말만으로는 너를 믿을 수 없어. 난 이 일에 대한 대응으로 너희들에게 선전포고를 할 거야. 이대로 있다간 너희 음흉한 드래곤 놈들에게 우리 마족들이 또 희생될 수도 있을 테니까."

그러자 푸르카가 입술을 기괴하게 비틀며 웃었다. 그것은 그가 매우 화가 났을 때 짓는 표정이었다.

"크큭! 선전포고라! 그러니까 불가침의 맹약을 어기고 우리와 전쟁을 하겠다는 것인가?"

"못 할 것 있느냐?"

"크하하하! 고대로부터 우리 드래곤들은 전쟁의 화신이다. 귀찮고 번거로운 것을 싫어할 뿐 전쟁을 두려워한 적은 한 번도 없지. 그런 우리를 너희 같은 마족 따위가 감히 대적할 수 있다 생각하느냐?"

"우후훗! 기고만장하지 마라, 푸르카. 우리와 전쟁이 시작되면 너희 드래곤들 중 과연 몇이나 살아남을까 궁금하구나."

"그것이 궁금하면 어디 선전포고를 해 보시지."

그러자 라사라가 의미심장한 미소를 지으며 말했다.

"그거야 어렵지 않은 일이야. 그런데 한 가지 네가 잊은

게 있구나. 전쟁이 시작되면 나의 딸이자 네 애인인 리디아는 너의 품을 떠나게 된다는 사실을 말이야."

"……!"

순간 푸르카의 안색이 경직되었다. 그는 곧바로 잡아먹을 듯 사나운 눈초리로 라사라를 노려봤다.

"리디아는 이 일과 무관하다. 설령 전쟁이 시작된다 해도 리디아는 날 위해 이곳에 남아 있을 것이다. 그러니 더이상 그녀를 너희 추악한 마족들과 연결시키지 마라."

"어리석은 놈! 그 아이는 내 딸이며 영원한 마족이란다. 전쟁이 시작되면 아마도 그 아이가 가장 먼저 네 심장에 칼을 꽂게 될지도 모르지."

"닥쳐! 그런 일은 절대 벌어지지 않아. 리디아는 나를 사랑하고 있으니까."

푸르카의 얼굴은 분노로 가득했다. 그는 곧바로 말을 이었다.

"크큭! 라사라! 나는 네가 왜 나를 화나게 하고 있는지 알고 있다. 리디아의 얘기를 왜 꺼내는지도 말이야. 또한 네가 우리 드래곤들과의 전쟁을 실은 원하지 않는다는 것도 알고 있다. 그렇지 않으냐?"

"그게 무슨 헛소리냐?"

"크큭! 너는 나를 무척 우습게 보는군. 네 목적은 날 도발해서 너희 마족들을 죽였다는 그놈을 상대하게 하려는 것이다. 그렇다면 차라리 솔직히 그 사실을 말하고 협조를 구하면 될 것이지 왜 나를 도발하여 분노케 하는가?"

라사라는 흠칫 놀랐지만 짐짓 싸늘하게 대꾸했다.

"흥! 그놈은 그 넓은 오크 제국을 휘저으며 우리 마족들을 죽이려 하고 있어. 그런데도 넌 고작 드래곤 둘만 보내고 나 몰라라 하고 있으니 나로서는 너희들의 본의를 의심할 수밖에. 놈의 배후에 너희 드래곤이 있을지 어찌 아느냐?"

그러자 푸르카는 잠시 침묵하다 이내 고개를 끄덕였다.

"좋아. 그렇다면 드래곤들을 좀 더 보내겠다. 우리 역시 놈을 잡는데 주력하도록 할 테니 놈의 위치를 알게 되면 즉각 알려 주기 바란다. 또한 놈의 인상착의부터 놈의 능력 등 너희들이 파악한 모든 걸 우리에게 넘겨라!"

"그거야 어렵지 않지. 지금은 아마도 켈쿰에서 동쪽으로 이동하고 있을 것이다."

"그렇다면 대략 놈이 지나갈 만한 곳들에 드래곤들을 배치시키면 되겠군. 아그노스와 포르티에게도 일단 트레네 숲에 들러 놈의 소굴을 살펴본 후 뒤를 쫓으라 지시하겠다."

"호호! 좋은 생각이군. 이제야 정신을 차렸구나, 푸르카."

"마지막으로 한 가지 경고하겠다, 라사라……."

그런데 그때 푸르카의 두 눈에서 다시 분노의 광망이 번뜩였다.

"만일 또다시 리디아를 빌미로 날 협박한다면 그때는 절대 용서하지 않겠다. 그땐 선전포고고 자시고 할 것 없이 이로이다 대륙에 웅크리고 있는 너희 마족들을 모조리 쓸어버릴 것이다."

그 말과 함께 수정구에서 푸르카의 얼굴이 사라졌다. 라사라의 인상이 일그러졌다.

'푸르카 놈의 성질이 지랄맞은 건 여전하구나. 놈의 성미로 볼 때 앞으로 또 리디아의 일로 협박을 하면 정말 전쟁을 불사할지도 모르겠군. 그래도 이걸로 드래곤들이 대거 움직여 그놈을 제거하려 할 테지. 오호호홋!'

라사라의 입가에 이내 의미심장한 미소가 맺혔다.

'멍청한 드래곤들이 혹시 놈을 제거하지 못한다 해도, 놈은 자연스레 드래곤들과 원수가 될 테니 차원의 보주를 얻기는 불가능해질 거야.'

그래도 라사라는 무혼이 빨리 제거되었으면 하는 심정이었다.

무혼만 생각하면 분통이 터져 미칠 지경이었다.

'그놈 때문에 다크 포탈을 만드는 시간이 늦어지고 있어.'

마족들은 이로이다 대륙 도처에서 신상의 형상으로 잠

복한 채 대륙에 흩어져 있는 미세한 마기를 흡수하고, 그 마기들은 이곳 흑탑의 지하 마궁에 모여들고 있다.

그렇게 쌓인 마기들은 흑탑의 마궁과 마계의 유레아즈 궁전을 연결시켜 주는 다크 포탈을 생성시키는 데 사용되는데, 하필이면 무혼에 의해 마기의 공급원인 신상 마족들이 제거당하고 있으니 문제였다.

다크 포탈은 이제 거의 완성단계에 있었다. 그럴수록 보다 많은 마기가 필요한데, 지금처럼 뜻하지 않게 신상 마족들이 사라지게 된다면 그만큼 다크 포탈의 완성 시기는 늦어질 수밖에 없었다.

또한 그것만이 문제가 아니었다.

각각의 마족들에게는 라사라가 부여한 또 다른 임무들도 존재했다.

그중 이번에 죽음을 당한 이리타, 세붐, 트리스의 임무는 특히 중대했다. 그들은 엘프의 수호 정령인 엘리나이젤의 의지를 제압해 장차 엘프들을 마왕군의 소속이 되게 만들어야 했으니까.

그런데 그 계획은 이리타 삼 형제가 뜻밖의 죽음을 당함으로 인해 수포로 돌아가고 말았다.

'바보 같은 놈들! 무려 백 년을 끌어 오고도 그깟 정령의 의지도 꺾지 못하다니.'

그러나 아마도 시간이 조금 더 흘렀다면 결국 성공했을

계획이었다.

'이게 다 그놈 때문이야. 그놈이 방해만 하지 않았더라
면…….'

라사라는 다시 분통을 터뜨렸다. 지금껏 마족들이 뿔뿔
이 흩어진 채 각각의 위치에서 임무를 수행하고 있었지만
누구에게도 방해당한 적은 없었다.

마족들은 비록 신상 마족의 형상으로 존재하지만 그들
이 펼친 결계 속에서는 마계와 거의 동일한 능력을 발휘할
수 있었다. 따라서 드래곤과 같은 특별한 존재들이 개입하
지 않는 한 이로이다 대륙에서 마족들을 위협할 만한 존재
는 없었다.

다행히 마족들은 드래곤들과 불가침의 맹약을 맺었기에
그들은 신경 쓰지 않아도 되었다. 그런데 그들 말고도 마
족들에게 위협이 되는 존재가 돌연 나타난 것이었다. 특히
그는 천 년 전 필리우스처럼 차원의 팔찌를 지니고 있어
극히 위험한 존재였다.

문득 라사라는 드래곤들에게만 이 문제를 맡겨 둘 수 없
다는 생각이 들었다.

그녀는 곧바로 뒤쪽의 어둠 속을 향해 나직이 외쳤다.

"아마스칼!"

스스스.

순간 시뻘건 그림자가 바닥에서 솟아오르더니 전신이

섬뜩한 핏빛으로 번쩍이는 거대한 체구의 사내로 변했다.
그가 바로 아마스칼이었다.

"부르셨습니까, 로드."

아마스칼은 마족과 흡사한 외모를 가졌지만 실상 인간
이었다. 그러나 가히 상급 마족에 못지않는 가공할 능력을
가진 아주 특별한 존재였다. 최상급 마족인 라사라가 자신
의 모든 흑마법을 총동원해 만들어 낸 걸작이자 비밀병기
가 바로 그였으니까.

본래도 강한 실력을 가진 특급 어새신이었던 아마스칼
은 라사라에 의해 신체의 거의 모든 부분이 개조되었다.
팔과 다리는 물론 이목구비, 오장 육부까지 라사라의 흑마
법으로 개조되었고, 심지어 혈액도 마족의 피를 수혈한 터
라 엄밀히 말하면 인간이 아닌 마족에 가까운 존재라 볼
수도 있었다.

"아마스칼! 이제부터 넌 한 인간의 모든 것을 파악해라.
인페르노의 조직원들을 모조리 동원해도 좋아."

"그가 대체 누구입니까?"

"놈은 차원의 팔찌를 지닌 인간으로 우리에게 매우 위
협이 되는 존재다."

그 말과 함께 라사라는 한 인간 청년의 모습을 아마스칼
에게 환상으로 보여 주었다.

아마스칼은 흥미롭다는 듯 입가에 기이한 미소를 지었

다.

"크크! 그러니까 저놈을 제거하는 것이 제 임무이군요."

"드래곤들이 놈을 제거하기 위해 움직일 것이니, 네가 굳이 먼저 나서 놈과 맞설 필요는 없어. 너의 임무는 혹시라도 드래곤들이 실패할 때를 대비해 놈에 대한 모든 것을 파악하는 것이니까."

"드래곤들이 실패하면 놈은 결국 제게 죽게 될 것입니다."

"당연히 그래야지. 그때를 위해 넌 먼저 트레네 숲과 베라카 왕국부터 시작해 놈의 출신 가문, 친구, 애인, 부하, 스승을 비롯해 놈과 가까운 인물들이 있다면 모조리 파악하도록 해. 그중 인질로 삼을 만한 이들이 꽤 있을 거야."

"예, 로드."

아마스칼은 꾸벅 허리를 숙이고는 어디론가 사라졌다. 라사라는 음침한 미소를 지었다.

'차원의 팔찌를 가진 애송이 놈! 차라리 드래곤들에게 죽는 것이 행복할 거야. 조만간 너로 인해 네게 가까운 이들이 고통 받는 것을 보며 너 역시 비참하게 죽게 될 테니까.'

Chapter 8

암흑의 엘리나이젤

무혼이 진원심법을 통해 진원마기의 폭주를 다스린 지 대략 이틀이 지났다. 무혼은 여전히 눈을 감고 무아지경에 빠져 있었다.

현재 무혼의 외모는 오크가 아닌 인간의 모습이었다. 환골탈태가 이루어질 때 벌어질 충격에 대비해 무혼이 몸에서 장신구를 모두 떼어 냈기 때문이었다.

"쿨룩! 쿨록……!"

엘리나이젤은 기침을 하며 무혼의 운공이 끝나기를 초조하게 기다렸다. 로다이크를 비롯한 언데드 엘프들도 무혼을 둥그렇게 둘러싼 채 그를 지켜보고 있었다.

언데드 엘프들의 눈빛에는 로드인 무혼에 대한 경외감과 잠시 후면 자신들이 편안한 안식에 들어갈 수 있으리라는 기대감이 뒤섞여 있었다.

물론 그들이라고 무조건 죽고 싶은 것은 아니었다. 오히려 살고 싶은 욕구가 더욱 컸다. 저주스럽게도 살아 있는 것들의 피와 고기를 갈망하는 추악한 언데드로서의 비정상적인 삶의 욕구였다. 그것은 정녕 끔찍한 일이었다.

그러나 천만다행이도 아직 그들에게는 엘프로서의 의지가 희미하게나마 남아 있었다. 그러한 의지는 추악한 언데드로서 영생을 누리느니 차라리 죽음을 맞이하는 것이 낫다는 결단을 내리게 해 주었다.

그들의 그러한 의지는 날이 갈수록 흐려져 가고 있으니 이대로 시간이 지나면 지날수록 결국 언데드로서의 삶을 갈구하게 될 것이었다.

그들은 그것이 너무도 두려웠다. 따라서 무혼이 그들의 삶을 이만 끝내 주기를 간절히 바라며 초조한 표정으로 그를 지켜보고 있는 것이었다.

또한 그때 수호 정령 엘리나이젤은 정령으로서의 장구했던 세월의 끝을 맞이하고 있었다. 그의 정령체는 꺼져 가는 심지처럼 위태하게 흔들리고 있었고, 이제 잠시 후면 흩어져 공기로 돌아가게 될 것이었다.

그러나 그는 죽기 전에 무혼이 언데드 엘프들을 영원한

안식으로 인도하는 모습을 보고 싶었다. 그래야 마족들로 부터 엘프들을 보호하지 못했던 수호 정령으로서의 미안 함을 조금이나마 덜어낼 수 있을 것 같아서였다.

물론 지상에 살아남아 오크들의 노예가 되어 비참하게 살고 있는 엘프들을 생각하면 도저히 눈이 감기지 않지만, 이미 정령으로서의 정령력이 모두 소진되어 삶의 끝을 맞이하는 상황이라 그로서는 어쩔 도리가 없었다.

'지켜 주지 못해 정말 미안하구나……'

엘리나이젤은 지상에서 고통 받는 엘프들을 떠올리며, 그리고 점점 희미해져 가는 자신의 정령체를 바라보며 슬픈 미소를 지었다.

바로 그때, 눈을 감고 무아지경에 빠져 있던 무혼이 돌연 두 눈을 번쩍 떴다. 그러자 그의 두 눈으로부터 흑색의 광채가 뿜어져 나왔다.

화아아악!

그것은 암흑의 광채였다. 어둑한 지저 공간의 어둠보다 더욱 짙은 암흑의 빛이었다.

무혼의 두 눈은 완벽한 흑안으로 변해 있었다.

그러다 그의 흑안은 점차 옅어졌고 본래의 눈빛으로 돌아갔다.

'후후, 다행히 상단전의 확장을 이루는 데 성공했다.'

예전처럼 환골탈태와 같은 현상이 벌어질 것이라 생각

했던 바와 달리 무혼의 골격에는 별다른 변화가 없었다.

이는 이미 예전에 신체의 환골탈태가 이루어진 상태라 굳이 또다시 그런 현상이 벌어질 이유가 없기 때문인 듯했다.

그런데 이렇게 외모에는 별다른 변화가 없지만 무혼의 상단전은 천지개벽과 같은 변화가 생겨나 사실상 제한 없는 방대한 수용량을 가지게 되었다.

또한 하단전에 위치해 있을 때는 내공에 밀려 손님처럼 한쪽에 웅크리고 있던 진원마기가 상단전에서는 주인의 위치를 차지한 터라 훨씬 안정적인 상태가 되었다.

놀랍게도 바로 그때 언데드 엘프들에게 매우 특이한 일이 벌어졌다. 무혼은 딱히 특별한 조치를 취한 게 아니라 그저 진원심법을 운기하기만 했는데, 언데드 엘프들은 자신들이 가진 사악한 언데드로서의 욕망이 뜨거운 태양 아래 눈이 녹듯 사라지는 기이한 현상을 체험했던 것이다.

"이럴 수가! 마…… 마음이 편안해졌다."

"더…… 더 이상 피와 고기를 먹고 싶은 생각이 들지 않아요."

그들의 신체에 특별한 변화는 없었다. 다만 마음에 아주 기이한 변화가 생겨났다. 마치 검은 안개로 가득 차 있는 듯 답답하면서도 어두웠던 마음이 아주 밝아져 있었다.

비로소 그들은 본연의 엘프다운 의연한 의지를 회복했

다. 그들의 마음은 살아 있는 엘프들처럼 차분해져 있었다.

엘리나이젤은 언데드 엘프들의 그러한 변화를 보고 깜짝 놀랐다.

"언데드 엘프들의 심성이 회복되다니 이런 기적 같은 일이!"

"이게 어찌 된 일일까요?"

그러한 현상에 무혼도 적지 않게 놀랐다.

어째서 언데드 엘프들에게서 언데드로서의 추악한 욕망이 사라져 버린 것일까? 아무리 생각해 봐도 그것은 매우 신비한 일이었다.

엘리나이젤이 문득 뭔가 짚이는 것이 있는지 무혼을 쳐다봤다.

"내 생각엔 당신이 마족이 아닌 살아 있는 인간이기 때문이 아닌가 싶소이다. 암흑 마나의 진원을 인간이 가진 경우는 지금껏 유래가 없었소."

"그게 저들에게 뭔가 다른 영향이라도 주는 것이오?"

"어디까지나 추측일 뿐이지만 아무래도 진원을 가진 로드가 가진 마음의 상태가 권속들의 의지에 영향을 미치는 것이 분명하오."

진원의 암흑 마나 자체는 본디 사악한 기운이 아니지만, 그 힘을 쓰는 마족들의 사악한 마음이 언데드들의 의지도 마찬가지로 사악하게 물들여 버렸을 것이라고 엘리나이젤은 말했다.

그의 말은 나름대로 일리가 있었다. 그의 말대로라면 보통의 언데드들이 왜 사악한 심성을 가지고 있는지도 충분히 설명되니까.

흑마법사들은 언데드들을 만들어 권속으로 부린다. 그러나 그들의 흑마법은 실상 마족들과의 계약을 통해 마족의 힘을 빌린 것이니 거기서부터 문제가 생긴다.

물론 죽은 사람의 영혼을 소환해 언데드로 만드는 행위 자체부터 사악한 일이다.

그러나 그보다 더욱 무서운 일은 바로 사악한 심성을 가진 마족들의 의지가 영향을 미치는 것이고, 그로 인해 언데드들 역시 피와 고기를 갈구하는 마족과 같은 심성을 갖게 되는 것이다.

"쿨룩……! 이건 내 생각이 틀림없소. 당신이 마족들의 진원을 흡수했지만, 당신에게서는 그 어떤 사악한 기운도 느껴지지 않는 것이 그것을 증명하외다."

엘리나이젤은 점점 더 확신이 생기는지 두 눈에 빛을 내며 말했다. 로다이크를 비롯한 언데드 엘프들도 그의 말에 동조했다.

"엘……리나이젤 님의 말씀이 맞는 듯합니다. 언……데드 엘프가 된 이래 이토록 마음이 편안한 적은 처음입니

다."

"저…… 역시 그래요. 비…… 록 육체는 죽어 있지만 마음만은 살아 있던 시절로 돌아간 듯하군요."

로다이크에 이어 엘프 족의 장로 중 하나였던 펠레스가 입가에 보일 듯 말 듯 미소를 지으며 말했다.

입꼬리만 살짝 올라간 그녀의 미소는 매우 어색했지만, 그것이 언데드인 그녀로서 지을 수 있는 최대한의 밝은 미소였다.

무혼은 그들을 바라봤다.

"당신들의 심성이 본래로 돌아왔다니 다행이오. 그렇다면 다시 한 번 선택의 기회를 주려 하오. 언데드의 상태로 계속 살아 있기를 원하시오? 아니면 소멸을 원하시오?"

무혼은 당연히 그들이 살아 있기를 원할 것이란 생각에 물은 것이었다. 누군들 죽고 싶겠는가? 비록 언데드이지만 심성이 본래로 돌아왔다면 그들이 살아 있어도 세상에 해를 끼칠 일은 없을 것이다.

로다이크는 무혼이 그 질문을 하리라 짐작했다는 듯 언데드 특유의 어색한 미소를 지으며 대답했다.

"물…… 론 우린 영원한 안식을 원합니다. 이…… 미 죽어 있어야 할 우리가 언데드의 형태로 존재한다는 건 신의 질서를 위반하는 것이며, 살…… 아 있다는 것이 오히려 괴로운 일입니다. 당…… 신으로 인해 우리의 심성이 회복되어 매우 즐거운 마음으로 안식에 임할 수 있을 것 같습니다."

스스로 소멸을 원할 줄이야. 무흔으로서는 뜻밖의 답변이었다.

"그렇다면 어쩔 수 없지. 당신들의 뜻대로 하겠소."

무흔은 씁쓸한 표정으로 고개를 끄덕였다. 그런데 로다이크가 무흔을 뚫어져라 쳐다보며 다시 말했다.

"다…… 만 한 가지 부탁이 있습니다."

"얘기해 보시오."

"그…… 시기를 조금만 늦춰 주시겠습니까? 미…… 력한 힘이지만 당신을 도와 마족들과 맞서 싸우게 해 주십시오. 또…… 한 죽기 전에 고통 받고 있는 우리의 후손들을 돕고 싶습니다."

"부…… 탁이에요. 불…… 쌍한 엘프들을 이대로 두고 죽기엔 너무 원통하군요."

로다이크뿐 아니라 펠레스를 비롯한 모든 언데드 엘프들이 무흔을 애타게 바라보며 부탁을 하는 것이었다. 무흔은 그들을 쳐다보며 웃었다.

"그렇다면 결론은 살려달라는 말이 아니오?"

"그…… 렇습니다."

무흔은 흔쾌히 고개를 끄덕였다.

"그럼 그렇게 하겠소."

그러자 로다이크를 비롯한 모든 언데드 엘프들이 무혼의 앞에 엎드려 절을 했다.

"고맙습니다, 로드……."

"감…… 사드리옵니다, 로드."

순간 무혼은 어색하게 웃으며 손을 흔들었다.

"알았으니 절은 하지 마시오."

아무리 그들이 무혼의 권속이 된 언데드라 하지만 본디 나이가 많은 엘프의 장로들이 아닌가? 그들에게 절을 받는 건 무혼에게 왠지 민망하면서도 거북스러운 일이었다.

그러나 언데드 엘프들은 요지부동이었다. 그들이 엘프로서의 심성은 돌아왔지만, 로드에게 가지는 권속으로서의 마음에는 변함이 없었다. 무혼은 그들에게 있어 절대적인 존재였다.

"쿠……쿨룩! 그럼 내 부탁도 들어주실 수 있소?"

그때 엘리나이젤이 격동어린 표정으로 무혼을 쳐다보며 말했다. 무혼은 고개를 끄덕였다.

"무슨 부탁인지 말씀해 보시오."

"쿠, 쿨……룩! 저 아이들을 보며 한 가지 희망을 느꼈소. 나 역시 이대로 죽기보다는 홀로 마족들과 싸우고 있는 당신에게 힘이 되고 싶소. 부디 내게 당신이 가진 암흑 마나의 진원을 심어 주시오."

무혼은 깜짝 놀랐다.

"그 말은?"

"쿨룩! 당신이라면 믿을 수 있소. 부디 나를 당신의 권속으로 만들어 주시오. 그러면 난 흩어진 정령력을 암흑 마나의 힘으로 새롭게 회복할 수 있소이다. 또한 지상의 엘프들은 그로 인해 더욱 강하게 변화될 것이오. 마족들이 내게 원하던 것이 바로 그것이었지요."

마족들은 엘리나이젤의 의지를 제압하기에 앞서 그의 정령력을 흩어 놓았다.

이는 추후 암흑 마나를 통해 엘리나이젤의 정령력을 회복시켜 그의 능력을 보다 강력하게 만들기 위한 것일뿐더러, 동시에 그걸 통해 엘프들의 능력도 예전에 비할 수 없이 강력하게 만들기 위해 행한 일이었다.

그렇게 마족들은 엘프들을 영원한 노예로 부릴 심산이었기에, 엘리나이젤은 그 많은 고통을 무릅쓰고도 자신의 의지를 굽히지 않았다.

그런 엘리나이젤이 스스로의 의지로 무혼의 권속이 되고자 할 줄이야. 이는 무혼이 엘프들을 자신의 추악한 욕망을 위해 노예로 부리지 않을 것이라 그가 확신했기 때문이었다.

무혼 또한 그런 엘리나이젤의 마음을 이해했다. 따라서 그 즉시 그의 몸에 진원을 만들어 주기로 했다. 기침을 심하게 하는 엘리나이젤의 정령체가 금세라도 흩어질 듯 위태해 보였기에 지체할 때가 아니었다.

츠으으으!

무혼의 두 눈에서 암흑의 빛이 뻗어 나가 엘리나이젤의 몸을 휘감았다.

순간 엘리나이젤은 번개라도 맞은 듯 몸을 부르르 떨었다.

화아아아아—

곧바로 엘리나이젤의 흐릿했던 정령체가 선명하게 변하더니 이내 땅으로 스며들었다.

쓰우우우우—

땅속에서 새싹이 솟아나 순식간에 커지더니 거대한 나무로 변했다. 지저 공간에서 나무가 자라나는 것도 신기했지만 환한 빛을 내는 수많은 잎사귀들이 달려 있는 것은 더욱 신기한 일이었다.

"오오!"

"아아……!"

언데드 엘프들이 그 모습을 보고 모두 탄성을 발했다. 그들은 자신들의 수호 정령이었던 엘리나이젤이 본래의 신위를 회복한 것에 감회가 새로운 듯 몸을 부르르 떨기도 했다.

만일 그들이 언데드가 아니었다면 지금쯤 그들의 눈에서 뜨거운 눈물이 흘러내리고 있었을지도 모른다. 그러나 언데드인 그들은 눈물을 흘릴 수 없었다. 볼의 근육도 딱딱하게 굳어 있어 언뜻 보면 엘리나이젤을 사납게 노려보는 것처럼 섬뜩하게 보일 뿐이었다.

언데드 엘프들은 문득 서로의 차갑기만 한 표정들을 보며 이내 슬픈 미소를 짓기도 했다. 그것이 그들이 가진 언데드로서의 한계였다.

그야말로 한없이 슬픈 일이지만 지금은 그런 슬픔보다 엘리나이젤이 본래의 신위를 되찾았다는 기쁨이 더욱 컸다. 그로 인해 앞으로 지상의 엘프들은 예전처럼 자유를 되찾을 수 있을 것이기에.

파스스스.

우람하게 자라났던 거대한 나무가 이내 먼지처럼 부서져 내렸고, 그 사이로 은발의 멋들어진 머리카락을 가진 미청년이 나타났다.

청년의 피부는 눈처럼 하얗고 홍채는 남빛의 보석 같았다. 환상적인 외모와는 달리 그의 표정은 얼음처럼 차갑기 이를 데 없었다.

"엘프의 수호 정령 엘리나이젤이 로드께 정식으로 인사드립니다."

미청년은 다름 아닌 엘리나이젤이었다. 무혼 덕에 새롭게 힘을 회복한 그의 정령체는 놀랍게도 젊은 청년의 모습으로 변해 있었다.

본래는 금발이었던 그의 머리카락이 은발로 바뀐 것은 그의 정령력이 무혼의 진원마기로 인해 새롭게 회복되면서 벌어진 일이었다. 이른바 암흑의 엘프족인 다크 엘프의 모습으로 변한 것이었다.

　무혼은 두 눈을 휘둥그레 뜬 채 그를 쳐다봤다.

　"외모가? 설마 젊어지신 것이오?"

　엘리나이젤은 머리를 긁적이며 씩 웃었다.

　"하하하, 모두 로드 덕분입니다."

　"로드라고 부르다니 가당치 않소. 난 당신을 구속할 생각이 없으니 굳이 내게 얽매이려 하지 마시오."

　그러자 엘리나이젤의 두 눈에서 결연한 빛이 번쩍였다.

　"그럴 수 없습니다. 당신은 이제부터 저의 로드입니다. 또한 모든 엘프들의 로드입니다. 엘프들은 앞으로 영원히 당신을 로드로 섬길 것이며, 당신을 도와 마족들과 맞서 싸울 것입니다."

　"마음은 고맙지만 나는 엘프들을 마족들과 싸우게 할 수는 없소. 공연히 희생만 늘어날 뿐이오."

　"로드께서 무엇을 우려하시는지 잘 압니다. 사실 엘프들이 마족들을 상대하기에는 터무니없이 약했으니까요. 예전 같으면 저도 마족들을 상대하기가 버거웠지요. 마족 하나를 상대로 간신히 드잡이질을 할 수 있을 정도였습니다. 그러나 로드께서 오늘 심어 준 암흑 마나의 진원으로 인해 저는 이제 마족이 가진 힘을 두려워하지 않아도 됩니다. 저는 이제 최상급 마족이 나타나도 당하지 않을 자신이 있습니다."

"그게 정말이오?"

무혼이 놀라자 엘리나이젤은 빙긋 웃으며 말을 이었다.

"물론입니다. 마족을 제압하지는 못해도 그들이 저와 엘프들을 어쩌지 못하게 방어할 능력이 제게 있습니다. 또한 로드의 권속이 된 저 언데드 아이들의 능력도 상당히 강한 편입니다. 저들은 어지간한 하급 마족들과도 능히 맞서 싸울 수 있지만, 특히 마족들의 수많은 부하들을 상대할 때 큰 위력을 발휘할 것입니다."

"마족에게 부하들이 꽤 많이 있소?"

"사실 엘프들은 로드께서 오시지 않았다면 결국 마족의 부하가 되어야 했을 것입니다. 그런데 마족들의 마수가 저희 엘프들에게만 뻗쳤을 리는 없겠지요. 멀리 서쪽의 인간들부터 동쪽의 이족이나 몬스터들까지, 마족들의 손길이 미치지 않은 곳은 어디에도 없습니다. 추정해 보건대 이로이다 대륙에서 마족의 부하들은 이미 상당한 세력을 형성하고 있을 것입니다."

무혼의 표정이 굳어졌다. 엘리나이젤의 말은 과장된 것이 아닌 듯했다.

'하긴, 인페르노라는 어둠의 조직도 마족들의 세력이었

으니 또 다른 세력이 없으리란 법이 없겠지.'

그렇다면 무혼 혼자서 이로이다 대륙에서 마족들의 세력을 모조리 뿌리 뽑는다는 것은 생각처럼 쉬운 일이 아닐 것이다.

엘리나이젤은 다시 말을 이었다.

"따라서 로드의 권속이 된 저 언데드 엘프들은 결코 로드의 짐이 되지 않을 것입니다."

무혼은 고개를 끄덕였다.

"그렇다면 그대의 뜻을 받아들이겠소. 앞으로 마족과의 전쟁에서 나를 도와주시오."

그러자 엘리나이젤의 안색이 밝아졌다. 그는 즉시 무혼의 앞에 한쪽 무릎을 꿇었다.

"엘프의 수호 정령 엘리나이젤이 맹세하오니 이후로 저와 엘프들은 로드의 영원한 힘이 되어드릴 것입니다."

언데드 엘프들도 한쪽 무릎을 꿇고 외쳤다.

"로드! 저…… 희를 거두어 주셔서 감사드리옵니다."

"로…… 드께 영원한 충성을 바치겠습니다."

무혼은 미소 지었다.

"그대들 모두의 활약을 기대하겠소. 그런데 노예 상태인 엘프들을 구할 방도는 있소?"

엘리나이젤이 대답했다.

"조만간 저는 큰 숲이 있는 곳으로 이동한 후 보호 결계를 펼칠 것입니다. 그런 후 엘프들을 불러 모을 생각입니다. 제가 외치면 엘프들은 본능적으로 저의 건재함을 알게 될 것이고 그 즉시 제가 펼친 보호 결계를 향해 달려올 것입니다."

"노예 상태인 엘프들이 대거 빠져나온다면 오크들이 가만히 있지 않겠군."

그러자 엘리나이젤의 표정이 음울하게 변했다.

"그 와중에 희생되는 엘프들이 얼마나 많을지 걱정입니다. 하지만 피와 눈물 없이 자유를 쟁취할 수는 없겠지요."

"피와 눈물은 그동안 흘린 것으로 충분하오. 내가 오크 황제 크돌로르와 담판을 벌여 보겠소."

순간 엘리나이젤의 두 눈이 휘둥그레 커졌다.

"오크 황제와 담판을 벌이신다 하셨습니까?"

"엄밀히 말하면 담판이라기보다는 협박이 맞을지도 모르겠소. 엘프들을 방면하지 않으면 오크들을 모조리 쓸어버리겠다고 말할 생각이니까."

그 말에 엘리나이젤뿐 아니라 언데드 엘프들도 멍한 표정을 지었다. 엘리나이젤의 입가에 일순 씩 미소가 맺혔다.

"후후후, 다른 이가 그런 말을 했다면 정말 무모하다는 생각을 했을 것입니다. 로드라면 충분히 가능한 일입니다.

저희 엘프들을 위해 바쁘신 로드께서 친히 나서 주시다니 그저 죄송스러울 따름입니다. 다만 저로서는 크돌로르의 뒤에 마족들이 있지는 않을지 우려됩니다."

"어차피 엘프들의 일이 아니어도 언제고 크돌로르 황제를 만나 담판을 벌일 일이 있었소. 그런데 듣고 보니 그의 배후에 마족들이 있을 수도 있겠군."

"예, 저는 거의 확신하고 있습니다."

모든 초대형 몬스터들이나 심지어 엘프들도 비참한 처지가 되어 있는 상황에서 유독 오크들은 번영을 누리고 있다. 그렇다면 그들의 뒤에 마족들이 있을 가능성도 배제할 수 없었다.

"그렇다고 걱정할 것 없소. 오크들의 뒤에 마족들이 있다면 마족들과 함께 오크 황궁을 아예 쓸어버릴 생각이니까. 또한 그들이 마족들과 별 상관없다면 그땐 적당히 담판을 지어 엘프들을 모두 노예에서 해방시켜 주도록 할 것이오. 뭐, 순순히 따르지 않는다면 약간의 협박이 필요하긴 하겠지."

사실 무혼은 엘프들뿐 아니라 오우거와 미노타우루스, 그리고 사이클롭스와 자이언트 오크, 트롤과 같은 초대형 몬스터들도 방면해 달라고 오크 제국의 황제와 담판을 벌일 생각이었다. 이는 이전에 트롤 모리스가 무혼에게 간절히 부탁한 것이었다.

"로드! 그럼 저는 엘프들이 거할 만한 큰 숲을 찾아 보호 결계를 펼치겠습니다. 결계를 펼치는 데는 꽤 시간이 소모되는 터라 서두를 생각입니다."

"기왕이면 트레네 숲으로 가서 보호 결계를 펼치시오. 그곳은 꽤 넓은 숲이라 엘프들이 안전하게 거할 수 있을 것이오. 그곳에서 힘을 기르며 장차 마족들의 세력과 맞설 준비를 하는 게 좋겠소."

"트레네 숲이라면 결계를 펼치기 최적의 장소입니다. 그러나 그곳엔 대륙에서 쫓겨 간 초대형 몬스터들이 모여 있어 그들과의 충돌이 불가피합니다."

무혼은 미소 지었다.

"그 숲은 나의 것이오. 또한 그곳에 있는 덩치 큰 녀석들은 모두 나의 부하들이니 신경 쓸 것 없소."

무혼이 바로 트레네 숲의 로드라는 것을 알게 된 엘리나이젤의 표정은 놀라움으로 가득했다. 방대하고 넓은 트레네 숲은 결계를 펼치기도 좋지만 엘프들이 지내기에도 최상의 조건을 갖춘 곳이었다.

엘리나이젤은 희색이 만연한 표정으로 말했다.

"후후후, 그렇다면 저는 잠시 후 저 아이들과 함께 트레네 숲으로 출발하겠습니다. 그 전에 로드께 몇 가지 드리고 싶은 말이 있습니다."

"말해 보시오."

"첫째로 로드께서 장차 마족들과 싸워 수월하게 승리하려면 드래곤들의 협조를 얻을 필요가 있습니다. 그들이 왜 마족들의 만행을 방관하고 있는지 저로서는 전혀 이해할 수 없지만, 만일 그들이 로드의 편에 서준다면 마족들과의 전쟁에서 매우 수월하게 승리를 거둘 수 있을 것입니다. 정신 빠진 드래곤들이 마족들을 방관한 행위는 심히 괘씸하지만, 그렇다고 그들을 적으로 돌리는 건 현명한 선택이 아닐 것입니다."

무혼은 씩 웃었다. 물론 드래곤들과 적대 관계에 처하게 된다고 해서 두려워할 무혼은 아니지만, 이 상황에서 공연히 드래곤들을 적으로 돌리고 싶은 생각은 없었다.

"염려 마시오. 그렇지 않아도 난 드래곤들을 만나러 가는 중이니 그들을 만나면 서로의 협력에 대해 얘기해 보겠소. 그것 말고 또 다른 할 말이 있소?"

"아까도 언급했지만 마족들은 저희 엘프들뿐 아니라 다른 많은 종족들을 부하로 만들려고 할 것입니다. 북해의 머메이드들이 대표적입니다. 로드께서 저희 엘프들을 구해 주신 것처럼 머메이드들을 마족의 마수에서 벗어나게 해 주신다면 그들도 로드께 큰 힘이 될 것입니다."

엘리나이젤은 반인반어의 머메이드들 또한 마족들에게 고통을 당하고 있을 것이 틀림없다고 말했다.

무혼은 고개를 끄덕였다.

"그렇다면 북해에도 한번 기회를 봐서 가봐야겠군."

"그럼 저는 로드를 믿고 트레네 숲으로 떠나겠습니다."

"트레네 숲 중앙에 위치한 하늘 호수에 가면 물의 정령 아르나가 있소. 그녀 또한 나의 부하이니 필요하면 도움을 받도록 하시오."

그러자 엘리나이젤은 깜짝 놀란 표정을 지었다.

"지금 물의 정령 아르나라고 하셨습니까?"

"그녀를 알고 있소?"

"흐흐! 알다 뿐입니까? 천 년 전 온갖 골칫덩이 정령 패거리들을 잔뜩 끌고 다니며 순진하고 착한 정령들을 괴롭히던 그 못된 정령을 제가 어찌 모르겠습니까? 저도 그때 당했던 것을 생각하면 치가 떨립니다."

엘리나이젤은 아르나에게 상당히 감정이 많은 듯했다. 무혼은 과거의 아르나가 제법 악명이 높았음을 이미 짐작하고 있던 터라 쓴웃음을 지었다.

"아르나가 당시 악명이 꽤 높다 들었긴 했소."

"으득! 아르나는 못된 장난질로 아주 유명했습니다. 툭하면 물의 정령들을 대거 이끌고 와서 엘프들의 숲에 물을 뿌려 대기 일쑤였지요. 그뿐인 줄 아십니까? 밤새도록 바람의 정령들을 시켜 엘프들을 추위에 떨게 하거나, 땅의 정령들을 시켜 마을에 있는 우물을 막아 버리기도 했습니다."

"쯧! 꽤나 못된 짓을 했군. 그런데 아르나는 물의 정령인데 바람의 정령과 땅의 정령들도 그녀를 따랐소?"

"흐흐! 아르나는 불의 정령부터 바람의 정령, 땅의 정령까지 여기저기서 힘 좀 쓴다 하는 못된 정령들은 모조리 끌고 다녔습니다. 아마 아르나 패거리 하면 지금도 치를 떠는 정령들이 한둘이 아닐 것입니다. 저도 아르나 패거리의 장난질 때문에 엘프들을 데리고 숲을 몇 번이나 옮겨 다녔는지 기억이 안 날 정도니까요."

무혼은 한숨을 내쉬었다. 뜻하지 않게 아르나의 과거를 알게 되는 순간이었다. 그녀가 설마 불량 정령 패거리의 수괴였을 줄이야.

'아르나! 정말 말썽을 상당히 피웠구나. 필리우스 님이 왜 그녀를 노예로 만들었는지 이제야 이해가 되는군.'

무혼은 엘리나이젤을 다독이며 말했다.

"아르나는 무려 천 년 동안 노예 생활을 했으니 지금은 많이 반성을 했을 것이오. 가급적이면 사이좋게 지내도록 하시오."

"예, 로드. 저 역시 이미 천 년도 지난 일을 이제 와서 굳이 따지고 싶지는 않습니다. 아르나가 로드의 부하가 되었다니 사이좋게 지내도록 노력해 보겠습니다."

"좋은 생각이오. 참, 그러고 보니 그대를 간절히 기다리고 있는 엘프들이 있는데, 기왕이면 그들을 데리고 가는 게 어떻겠소?"

무혼은 현재 켈쿰의 여관에 있는 셸라스와 켈쿰 서쪽 숲 지하에서 힘겹게 숨어 사는 엘프들이 있다는 사실을 말해 주었다.

그러자 엘리나이젤의 두 눈이 커졌다.

"그, 그게…… 정말입니까?"

"어차피 나도 그곳에 가야 되니 지금 함께 가보도록 합시다."

"예, 로드. 저는 준비를 갖추었습니다."

엘리나이젤은 그사이 음영의 아공간을 만들어 언데드 엘프들을 들어가게 하고는 자신 또한 암흑 투명화의 정령체가 되어 있었다.

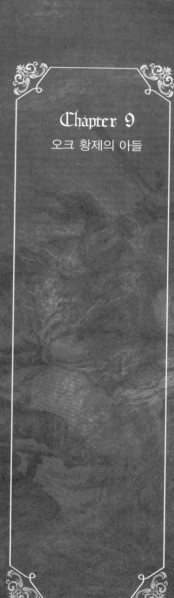

Chapter 9
오크 황제의 아들

　다시 주술의 목걸이를 걸어 오크로 변신한 무혼은 꾸불꾸불한 동혈의 통로를 따라 지상을 향해 이동했다. 그 뒤를 엘리나이젤이 투명화 상태로 따라왔다.

　"……!"

　그런데 놀랍게도 오크 미녀 카듀가 여전히 그 장소에서 무혼을 기다리고 있는 것이 아닌가?

　"호호! 드디어 나오셨네요?"

　카듀는 무혼을 보자 반색했다. 무혼은 멍한 표정을 지었다.

　"설마 지금까지 그대로 있었던 거요?"

"그럴 리가 있겠어요? 마냥 기다리기에는 지루해서 거처로 돌아가 쉬다가 이곳으로 오기를 반복했죠."

"그랬다니 다행이군."

"그런데 저 안에는 대체 뭐가 있었던 거죠? 정말로 쥐세 마리를 죽이고 오신 건가요? 혹시 그 괴물들을 죽이고보물을 찾았나요?"

"보물은 없었소. 저곳은 미로처럼 복잡한 곳이니 들어가지 않는 게 좋을 거요. 내가 포악한 괴물 쥐 세 마리를죽이긴 했지만 혹시 또 뭔가가 있을지 모르오."

무흔은 짐짓 겁을 주며 말했다. 카듀는 픽 웃었다.

"보물이 있다 해도 사실 별로 들어가고 싶은 곳은 아니에요. 그보다 당신의 볼일이나 잘 마쳤는지 궁금하군요.애초부터 저는 당신이 이곳 동굴을 단순한 탐사 목적으로들어간 것이 아니라는 것쯤은 짐작하고 있었으니까."

그 말에 무흔은 내심 놀랐다.

"눈치가 빠르군. 당신 말대로 난 이 동굴에 다른 목적이있었소. 그걸 이미 짐작하고 있었는데 뭔가 수상하다 여기지는 않은 거요?"

"수상하다기보다는 그냥 궁금했어요. 그리고 당신은 특별히 나쁜 오크 같아 보이지 않아서 별다른 걱정은 하지않았죠. 당신은 이제 볼일이 끝났으니 곧바로 이곳을 떠나겠군요."

"그렇소."

무혼이 고개를 끄덕이자 카듀는 아쉬운 표정을 짓더니 나직하게 한숨을 내쉬었다. 그러고 보니 그녀는 뭔가 근심이 가득한 기색이었다.

"뭔가 근심이 있는 것 같소만?"

"이틀 전 이 성에 8황자 전하께서 오셨어요."

"8황자 전하라면?"

"그분은 황제 폐하의 명으로 군단과 도시를 암행 순찰하며 기강을 바로잡는 임무를 수행 중이시죠."

놀랍게도 크돌로르 황제의 아들 중 하나인 8황자 시카트가 켈쿰에 있다는 말이었다. 카듀의 안색이 어두운 것은 아마도 그것과 관련되어 있는 듯했다.

무혼의 짐작대로 카듀는 다시금 한숨을 내쉬며 말했다.

"8황자 전하는 나를 보자마자 부인으로 삼겠다고 했어요."

활달하고 밝은 성격이던 카듀의 얼굴에 근심이 가득한 이유가 바로 그것 때문이었던가?

"그가 마음에 들지 않은가 보군."

"설마 모르셔서 하시는 말씀인가요? 8황자 전하는 호색한으로 아주 유명해요. 알려진 부인만도 수십이 넘죠. 첩까지 포함하면 수백은 족히 될걸요? 또한 성격도 매우 잔혹하고 자신의 마음에 들지 않으면 부인들도 마구 죽인다고 들었어요. 그런데 제가 어찌 걱정하지 않을 수 있겠어요?"

"그럼 그의 청혼을 거절하면 되는 일 아니오?"

그러자 카듀는 더욱 어이없다는 듯한 표정으로 무혼을 쳐다봤다.

"그랬다간 켈쿰의 아빼드이신 아빠에게 큰 화가 미칠 거예요. 어쩌면 아빼드 직위는 물론 만부장 직급도 박탈당하고 성에서 쫓겨날지도 몰라요."

"그렇다고 뻔히 불행한 미래가 보이는데 8황자와 결혼할 생각이오?"

카듀의 표정은 슬퍼보였다. 그녀는 잠시 침묵했다가 입을 열었다.

"제가 왜 이런 얘기를 당신에게 하고 있는지 저도 모르겠군요. 하지만 왠지 당신이라면 매우 현명한 조언을 해줄 것 같다는 기대가 들었어요. 만일 당신이 저의 처지라면 어떻게 하실 건가요?"

무혼은 담담히 그녀를 쳐다봤다.

"묻겠소. 8황자에게 가게 되면 당신은 무엇 때문에 불행할 것이라 생각하는 것이오?"

"그에게 끌려가는 순간 난 황궁에서 노예처럼 살게 될 거예요. 그렇게 사느니 차라리 죽는 게 낫겠어요."

순간 무혼의 두 눈에 이채가 어렸다. 무혼은 비로소 카듀가 무엇을 두려워하고 또한 무엇을 갈구하고 있는지 느낄 수 있었다.

카듀는 오래전 살막에서 무혼에게 주어진 선택과 비슷한 기로에 서 있었다. 평생 살막의 노예가 되어 살수로서 살아가느냐, 아니면 탈출하느냐?

당시 무혼이 살막의 노예로서의 삶에 안주했다면 그런대로 살아갔을지도 모른다. 운이 좋았다면 상급 살객으로 승급되어 좋은 대우를 받으며 살았을 수도 있었다.

그러나 무혼은 그것을 거부했다. 살막의 노예로 사느니 차라리 죽음을 무릅쓰고서라도 탈출하기로 했다. 아주 잠깐이라도 살막이라는 틀 안에서 완전히 벗어나 자유롭고 싶었다. 그 대가가 설령 죽음일지라도!

무혼은 카듀를 힘 있게 노려보며 말했다.

"자유롭고 싶다면 스스로 결단하시오. 내가 해 줄 말은 그것뿐인 것 같군."

"자유? 결단?"

카듀는 고개를 갸웃했다. 무혼은 돌아서며 말했다.

"나 역시 당신과 비슷한 선택의 기로에 선 적이 있었소. 노예로 사느냐, 불확실한 삶을 향해 모험을 하느냐? 물론 누구나 상황이 조금씩은 다르니 그중 어느 것이 꼭 현명하다고 함부로 말을 할 수는 없소. 다만 난 그중 후자를 선택했고, 지금껏 그로 인해 후회해 본 적은 한 번도 없소."

"······!"

카듀는 문득 가슴이 세차게 뛰었다. 무혼 역시 자신과 비슷한 선택의 기로에 있었다고 하니 의외였다.

그런데 대체 어떤 극한 상황에 처했었기에 그와 같은 말을 하는 것일까?

그러나 카듀는 더 이상 무혼에게 그것을 물어볼 수 없었다. 그사이 무혼의 모습은 온데간데없이 어디론가 사라져 버렸기 때문이었다.

텅 빈 공간을 바라보는 그녀의 머릿속은 복잡했다.

'하아! 어떻게 해야 되지?'

카듀의 귓가에는 여전히 무혼이 남긴 '자유롭고 싶다면 스스로 결단하시오!'라는 말이 메아리치듯 반복적으로 울려 퍼지고 있었다.

그러나 과연 어떤 식의 결단을 해야 할지는 의문이었다. 섣불리 감정적으로 행동했다가 돌아오는 것은 현실의 냉혹함뿐임을 그녀 역시 모르지 않았다. 절대권력을 지닌 황제의 아들 앞에서 그녀가 취할 수 있는 선택은 애초부터 없는 것인지도 모르니까.

그때 무혼은 경공술을 펼쳐 성 밖으로 나서고 있었다.

엘리나이젤이 뒤따르며 물었다.

"로드, 제가 볼 땐 조금 전 그 오크 아이에게 특별히 선택의 기회는 없는 듯합니다. 로드의 말대로 섣불리 자유를 선택했다가 돌아오는 건 파멸일 수도 있습니다."

"그래도 자유를 선택했다가 얻은 파멸이라면 나름의 가치가 있는 것 아니겠소? 아무런 희망 없이 그저 노예로 사는 것보다는 차라리 파멸을 받아들이는 게 나을 수도 있소. 그리고 그 선택에 꼭 파멸만 기다리는 법은 없소."

그러자 엘리나이젤은 씩 웃었다.

"하긴, 특별한 행운이 주어진다면 파멸을 면할 수도 있겠지요. 그런 행운이 그 아이에게 주어질지는 모르겠지만 말입니다."

"혹시 카듀가 걱정되시오?"

"그 아이의 앞날이 순탄하지는 않을 듯하니 왠지 안쓰럽다는 생각이 드는군요."

"카듀는 오크인데 당신이 그녀를 걱정하다니 특이하군."

"후후, 제가 엘프들을 괴롭히는 오크들을 증오하는 건 맞지만 그렇다 해서 모든 오크를 증오하지는 않습니다. 카듀의 눈빛을 보니 엘프들 못지않게 맑습니다. 만일 백 년 전이었다면 그녀는 엘프들의 친구가 되기에도 부족함이 없어 보입니다."

"하긴 내가 볼 때도 카듀는 확실히 보통의 오크와 다르긴 했소. 그녀는 죽은 엘프들을 위해 기도를 하기도 했으니까."

"그게 정말입니까?"

엘리나이젤의 두 눈이 커졌다. 무혼은 고개를 끄덕였다.

"그뿐만 아니라 오크들이 엘프들을 노예로 부리는 것이 잘못된 것이라 말하기도 했소. 적어도 카듀는 오크로서 그것을 매우 부끄럽게 여기고 있는 건 분명하오."

"오! 어쩐지 눈빛이 맑다 했더니 생각이 바르게 되어 있군요. 그런 아이가 장차 오크들의 통치자가 되면 아주 이상적일 듯합니다."

그 말에 무혼의 두 눈에 이채가 어렸다.

'오크들의 통치자라!'

엘리나이젤의 말대로 카듀가 오크들의 통치자가 된다면 트레네 숲 동쪽의 대륙은 몬스터들이나 요정들이 살기에 이상적인 공간이 될지도 모른다.

물론 그것은 어디까지나 그저 이상에 불과했다. 그저 평범한 오크 주술사에 불과한 카듀가 크돌로르 황제가 통치하고 있는 오크 제국의 새로운 통치자가 될 가능성은 무슨 특별한 기적이 발생하지 않는 한 전무하다 할 수 있으니까.

그러나 세상에는 그런 특별한 기적이 간혹 발생하곤 한다. 무혼의 눈빛은 기이하게 번쩍이고 있었다.

*　　　　*　　　　*

켈쿰의 번화가에 위치한 화려한 여관.

이 여관의 최상층에는 도합 세 칸의 특실이 존재했다. 하루 숙박 요금이 무려 8노드랄에 해당하는 비싼 방인 만큼 특실은 거의 비어 있었다.

그런데 얼마 전 제법 부호로 보이는 오크 하나가 아름다운 여성 엘프 하나와 함께 그곳에 투숙했다. 그는 한 달 할인 요금인 1백 노드랄을 즉시 지급하고 며칠째 두문불출하고 있었다.

매우 뛰어난 미모를 지닌 여성 엘프와 함께 그 오크가 무슨 짓을 할 것인지는 뻔했다. 그러니 그가 그 안에서 무슨 짓을 벌이든 그것은 여관 관리원 애드니브가 신경 쓸 일은 아니었다.

특실에 투숙한 오크는 매우 강해 보였고 또한 사나워 보였기에 가급적 애드니브는 그가 경고한 바대로 특실 근처에는 얼씬도 하지 않으려 했다.

그런데 갑자기 이틀 전 이 여관의 주인 닥틸라가 나타난 것이 문제였다.

애드니브는 닥틸라의 부하로 그의 지시에 따라 이 여관을 경영하는 관리원에 불과했다.

닥틸라는 엘프 노예 사냥꾼으로 아주 유명했다. 그는 가바지스 지방을 비롯한 오크 제국 서부에 숨어 있는 엘프들을 잡아다 멀리 탈랜도 지방에까지 팔며 많은 돈을 벌었다.

그는 한때 군대의 백부장 출신이었고 귀족들과 인맥이 상당하다고 했다. 눈치껏 예쁜 엘프 노예들을 잡아다 뇌물로 바치다 보니 귀족들에게도 귀여움을 받는 것이리라.

탈랜도에 갔다가 무려 팔 개월 만에 켈쿰에 돌아온 닥틸라를 향해 애드니브는 지난 팔 개월 동안의 여관 관리 내역을 낱낱이 보고했다.

그런데 그때까지 시큰둥하게 각종 수입이나 지출 내역을 듣고 있던 닥틸라는 며칠 전 여관의 특실에 제법 돈이 있어 보이는 오크 무사 하나가 아름다운 엘프 노예와 함께 투숙하고 있다는 보고에 아주 큰 관심을 보였다.

닥틸라는 즉시 특실이 있는 최상층으로 올라가 투숙객을 만나 보려고 했다. 그러나 투숙객은 문을 열어 주지 않았다. 이후로 닥틸라가 몇 번을 다시 찾아갔지만 마스터가 잠들어 있으니 깨우지 말라는 여성 엘프의 음성만 들려올 뿐이었다.

이를 이상하게 여긴 닥틸라는 부하들과 함께 올라가 특실문을 강제로 열었다. 그런데 놀랍게도 특실 안에는 아름다운 엘프 하나만 있는 것이 아닌가?

닥틸라는 그 즉시 부하들을 시켜 엘프를 붙잡으려 했다. 그러나 그 엘프는 평범한 엘프가 아니었다. 그녀가 주문을 외자 시커먼 넝쿨들이 나타나 닥틸라와 닥틸라의 부하들을 칭칭 감아 버렸다.

마법사 엘프라니!

닥틸라는 일순 당황했지만 그의 표정은 이내 희열로 물들었다. 마법사 엘프 노예의 가치는 보통의 엘프 노예에 비할 수 없이 높기 때문이었다.

특히나 아름다운 여성 엘프라면 그 가치는 더욱 뛰었다. 제국의 최상급 귀족들이나 왕족 혹은 황족들도 탐을 낼 수도 있는 만큼 잘하면 수천 노드랄의 거액을 벌어들일 수도 있는 것이었다.

엘프가 제법 강한 마법을 지니고 있었지만, 오크 제국군의 백부장 출신이자 강력한 주술 전사로서 한때 용병으로도 활약을 하기도 했던 닥틸라에게 그녀를 제압하는 건 어려운 일이 아니었다. 게다가 닥틸라의 부하들도 다들 어디가서 한가락씩은 한다는 소리를 들을 정도였기에 엘프의 마법은 그들에게 가소로울 뿐이었다.

닥틸라는 불의 루스의 주문을 외어 그 즉시 넝쿨을 무력화시켰고, 곧바로 튀어나간 닥틸라의 부하들은 순식간에 엘프를 제압했다.

그들은 주술이 깃든 밧줄로 엘프를 꽁꽁 묶어 버렸다. 엘프는 마법을 펼치지도 못하고 눈물만 글썽일 뿐이었다.

바로 그때 난데없이 강풍이 몰아쳐 오크들을 공격했다.

주술 전사인 닥탈라는 그것이 중급 바람의 정령이 벌인 공격이라는 것을 금세 간파했다. 게다가 닥틸라의 부하들 중에는 정령사가 둘이나 있었다.

각각 중급 물의 정령과 하급 땅의 정령과 계약을 맺고 있던 오크 정령사들은 그들의 정령들을 시켜 자신들을 공격한 바람의 정령을 달아나지 못하게 포위했다. 당황한 바람의 정령은 완강히 저항하며 달아나려 했지만 곧바로 닥틸라가 펼친 결박의 주술에 묶여 붙잡히고 말았다.

아름다운 여성 엘프와 그 못지않은 미모를 지닌 중급 바람의 정령을 포획한 닥틸라는 신이 났다. 엘프 마법사의 값어치도 상당하지만, 아름다운 정령의 값어치도 그 못지않았다.

정령 노예를 가지기 원하는 귀족 오크들은 수천 노드랄도 아깝지 않게 지불할 것이다.

그러나 닥틸라는 그녀들을 팔아서 돈을 벌기보다 뇌물로 바칠 작정으로 끌고 갔다. 마침 켈쿰에 와 있는 8황자에게 그녀들을 바쳐 그의 환심을 사기 위함이었다.

그러다 보니 여관 관리를 맡고 있는 애드니브는 엘프의 주인이었던 오크 무사가 돌아오면 큰일이 벌어지지 않을까 걱정을 하고 있었다. 당시 자신을 노려보던 오크 무사의 섬뜩한 기세는 그가 태어나서 한 번도 느껴 보지 못한 것이었다.

물론 모든 일은 애드니브가 아닌 그를 고용한 여관의 주인 닥틸라가 한 짓이었지만, 그래도 애드니브는 찜찜한 기분을 금할 수가 없었다.

　아니나 다를까, 애드니브가 두려워하는 순간이 도래했다. 여관의 최상층으로 스며들 듯 들어간 무혼이 화가 머리끝까지 난 표정으로 애드니브 앞에 나타난 것이었다.

　"말해라. 어떻게 된 것이냐?"

　애드니브는 정신이 아득해졌다. 멀쩡한 대낮인데도 사방이 칠흑 같은 암흑에 휩싸여 어두워졌다. 마치 차가운 빙판의 한가운데에 벌거벗겨진 채 서 있는 듯 그는 몸을 떨었다.

　"취, 취익! 실은 그게⋯⋯."

　어중이떠중이 오크라면 애드니브가 적당히 겁을 줘서 쫓아 버렸을 것이다. 비록 지금은 여관 관리를 맡고 있지만 한때는 제법 한가락 한다는 소릴 들을 정도의 실력을 갖고 있던 애드니브였기에, 어지간한 떠돌이 오크 무사 정도는 가볍게 제압할 실력이 있었다.

　그뿐인가? 애드니브가 닥틸라의 부하라는 것만으로도 어지간한 부랑배 오크들은 감히 눈도 마주치지 못할 만큼 두려워했다.

　그러나 애드니브는 감히 무혼을 향해서는 고개도 들지 못했다. 자신이 사실을 말하지 않으면 그 즉시 목이 떨어져 나갈지도 모른다는 두려움에 그가 알고 있는 사실들을 모두 실토했다.

무혼은 살레스와 실피가 닥틸라라는 오크 불한당 패거리에게 잡혀갔다는 말에 어이가 없었다. 닥틸라가 그녀들을 8황자 시카트에게 뇌물로 바치려고 아빼드의 성으로 갔다는 말을 듣고 무혼은 불같이 분노했다.

쩌저저적—

무혼이 부지불식간에 끌어 올린 기세로 인해 여관 건물에 금이 가기 시작했다. 그 균열은 갈수록 심해졌고 급기야 건물이 휘청 흔들리는 것이었다.

"취익! 거…… 건물이 흔들린다."

"취익! 건물에 금이 갔다."

기겁한 오크 투숙객들이 부리나케 건물을 빠져나가자 애드니브 역시 사색이 되어 그들을 따라 나갔다.

콰아아앙!

급기야 여관 건물이 내려앉았다. 그러나 건물이 붕괴되는 와중에도 무혼의 몸은 멀쩡했다.

그는 즉시 아빼드의 성을 향해 신형을 날렸다. 엘리나이젤이 무혼의 뒤를 따라오며 말했다.

"로드! 부탁이오니 이 일은 제가 처리하게 하여 주시옵소서."

아까의 차분했던 모습과 달리 엘리나이젤의 두 눈에서

는 차가운 살기가 흘러나왔다.

자신을 간절히 기다리고 있던 엘프 셀라스를 오크 불한당 패거리가 납치해 갔다는 것에 그는 화가 머리끝까지 치솟은 모양이었다.

무혼은 흔쾌히 고개를 끄덕였다.

"그럼 맡겨 볼 테니 어디 화끈하게 해결해 보시오."

그러자 엘리나이젤의 두 눈에서 암흑의 광망이 번뜩였다.

"로드의 명대로 최대한 화끈하게 해결하겠습니다."

엘리나이젤은 더 이상 예전의 착하기만 했던 수호 정령이 아니었다. 그는 무혼의 진원마기를 통해 암흑의 수호 정령으로 재탄생했다.

비록 마족처럼 파괴와 잔혹함만을 추구하지는 않지만, 이제 그가 분노한다면 가히 마족 못지않게 잔혹해질 수도 있었다. 그런 그가 분노해 있었다.

바로 그때 켈쿰의 아뻬드 성 연회장에서는 연회가 무르익어 가고 있었다. 아뻬드 라칸은 8황자 시카트의 비위를 맞추기 위해 그가 준비할 수 있는 가장 값진 요리들과 술을 준비해 그를 대접하고 있었다.

사실 라칸으로서는 시카트의 방문이 무척 부담스러운 상황이었다. 군단 감찰은 어디까지나 핑계였고 시카트의 실제 목적은 라칸과 제68군단을 자신의 세력으로 편입시키기 위함이었으니까.

크돌로르 황제의 휘하에는 수십 명의 황자들이 있는데 그중 차기 황제로서 유력한 지지를 받고 있는 황자들은 1황자와 3황자, 그리고 8황자 셋뿐이었다. 그 외의 황자들은 모두 지지 기반이 약해 강력한 세 황자들의 휘하로 들어가 각자의 생존을 도모하고 있었다.

그중 8황자 시카트의 세력이 앞의 두 황자에 비해 다소 밀리는 편이었다. 그러다 보니 시카트는 감찰을 핑계로 제국을 돌며 자신의 세력을 구축하고 있었다. 켈쿰의 라칸처럼 중립을 지키고 있는 군단장들이 주요 포섭대상이었다.

따라서 라칸의 딸인 카듀를 아내로 맞겠다는 시카트의 말은 단순히 그가 카듀에게 반해서 한 것이라기보다는 그러한 정치적인 목적이 다분히 담겨 있는 것이었다.

만일 라칸이 정치적인 야심이 있었다면 차라리 차기 황제로 더욱 유력한 1황자나 3황자의 세력 중 한 곳에 벌써 합류했을 것이다. 8황자는 능력이나 성격, 기타 모든 면에서 앞의 두 황자들에게 밀려 사실상 황제가 되기에는 부족함이 많았다.

8황자가 두 황자들보다 앞서는 것이 있다면 분에 넘치는 야심과 그의 오른팔이라 할 수 있는 전사 매브고드뿐이었다.

반달 모양의 창날이 달린 긴 창을 주 무기로 사용하는 매브고드는 그야말로 가공할 무력을 지니고 있었다. 일전에 벌어진 제국의 무투회에서 수많은 군단장들을 제치고 당당히 일 위에 오르기도 했다.

매브고드의 덩치는 보통의 오크보다 거의 두 배로 가히 자이언트 오크를 방불케 했다. 그로부터 풍겨져 나오는 가공할 기세에 라칸을 비롯한 제68군단의 지휘관들은 간이 녹아나는 듯했다.

특히 라칸의 심정은 착잡하기 그지없었다. 그로서는 카듀를 자신의 아내로 맞이하겠다는 시카트의 말을 무시할 수도 없었고, 그렇다고 선뜻 카듀를 내줄 수도 없는 상황이었다. 그것은 곧 라칸의 군단이 시카트의 세력하로 들어감을 의미하기 때문이었다.

시카트는 드러내 놓고 라칸에게 자신을 지지하라는 말을 하지는 않았다. 대신 라칸의 딸 카듀를 아내로 달라고 거듭 청하고 있었다.

"취익! 라칸, 그대의 딸은 나를 별로 달가워하지 않는 모양이군. 나의 청혼에 대해 생각을 해 보겠다며 거처로 돌아간 후 벌써 이틀이 지났는데 아직도 아무런 답이 없으니 말이야. 이 정도면 내가 꽤 많이 기다려 준 것 같은데, 그렇지 않나?"

시카트의 말에 라칸은 어색하게 웃으며 대답했다.

"취익! 그게 아마도 카듀의 몸이 요새 좋지 않아서 그럴 것입니다. 시녀들의 말을 들어 보니 지금 몸져누워 있다고 합니다."

그러자 시카트는 인상을 찌푸렸다.

"크흠! 아파서 몸져누워 있다니 어쩔 수 없지. 그렇다면 아비인 그대가 확답을 해 주게."

"죄송하오나 그건 조금 곤란하겠습니다. 제가 비록 카듀의 아비지만 혼사는 딸아이의 의사를 무시할 수 없는 터라……."

"그러니까 아비인 그대가 딸의 혼사를 마음대로 결정할 수 없다는 말인가?"

"송구스럽습니다, 전하."

순간 시카트의 인상이 차갑게 변했다.

"그래? 그것 참 이상하군. 듣자 하니 며칠 전 이곳에 방문했던 탈랜도의 전사라는 애송이에게는 그대가 자청해서 카듀를 아내로 주겠다고 공언했었다던데 말이야. 내가 잘못 알고 있는 건가?"

"그, 그건……."

라칸은 진땀을 흘렸다.

그 사실을 시카트가 알고 있을 줄이야. 그것은 당시 연회에 참석했던 자신의 부하들 중에서 누군가 시카트에게 그 사실을 발설했다는 것을 의미했다.

'빌어먹을! 대체 어떤 놈이!'

하긴, 음흉한 시카트 황자가 진작부터 이곳에 자신의 끄나풀을 심어 놓았으리란 것은 당연한 일이었다.

라칸은 어색하게 웃으며 대답했다.

"그건 그냥 농으로 한 얘기였을 뿐입니다. 놈이 절대로 탓산을 이기지 못할 것이라 생각해서지요. 허허허!"

"닥쳐라! 어쨌든 아비인 그대가 딸의 혼사를 마음대로 정하지 못한다는 건 말이 안 되는 소리다. 아비가 정하면 딸은 마땅히 따라야 하는 것이지. 그렇지 않으냐, 매브고드?"

"취익! 크큭! 지당하신 말씀이옵니다, 8황자 전하."

매브고드는 류그주가 가득 들어 있던 철제 술병을 통째로 들이킨 후 손에 힘을 주었다.

콰직!

철제 술병이 그의 손에서 박살 났다.

손의 악력만으로 철제 술병을 깨뜨려 버리는 괴력이라니. 라칸과 그의 부하들의 안색이 굳어졌다.

시카트가 의미심장한 미소를 지으며 말했다.

"크흐! 그대가 저기 탓산이라는 녀석을 이기면 카듀를 얻을 수 있다고 했던가? 부황께서 탈랜도 출신이니 나 역시 탈랜도 출신이나 마찬가지라네. 따라서 내게도 그런 기회를 주는 게 당연하겠지. 그렇지 않나?"

"하오나 그 일은 이미 지난 일이온데."

라칸이 고개를 흔들었으나 시카트는 막무가내였다. 그는 매브고드를 향해 말했다.

"매브고드! 나를 위해 저 탓산이라는 용사와 싸워 줄 수 있느냐?"

"취익! 제가 어찌 몸을 아끼겠사옵니까, 전하."

곧바로 탓산을 노려보는 매브고드의 두 눈에서 시뻘건 빛이 섬광처럼 번뜩였다. 탓산은 안색이 하얗게 질린 채 뒷걸음질 쳤다. 그러나 어느새 번개처럼 다가온 매브고드가 탓산을 그대로 바닥으로 팽개쳐 버렸다.

콰앙!

"쿠어어억!"

무자비한 배브고드의 손속에 탓산은 목이 부러져 즉사했다.

그것을 본 라칸은 두 눈이 뒤집혔다. 그는 이를 갈며 매브고드를 노려봤다.

"으드득! 정말 너무 한 것 아니오?"

"크흐흐흐! 무얼 그리 놀라는 것이오? 그는 그저 결투에 패배해 죽은 것뿐이오."

매브고드는 탓산이 결투를 하겠다고 한 적도 없는데 일방적으로 가서 죽였다. 그러고도 결투를 했다고 우기고 있었다.

라칸이 억울하다는 표정으로 시카트를 쳐다봤지만 그의 표정에는 흥미진진한 미소가 맺혀 있을 뿐이었다.

"내가 볼 땐 정당한 결투였소, 라칸."

"그렇다 해도 꼭 죽일 건 없지 않았습니까?"

"쯧! 무사에게 죽음이란 멀리 있는 것이 아니오. 자신보다 강한 자에게 패배해 죽는 건 무사의 영광이 아니겠소? 그렇지 않으냐, 매브고드?"

그러자 매브고드는 씩 웃으며 허리를 숙였다.

"물론이옵니다. 저 역시 저보다 강한 자에게 패배해 죽기를 바라고 있지만 도무지 그런 자가 보이질 않으니 안타까울 따름입니다."

그의 말에 라칸은 기가 막혀 말이 나오지 않았다. 그러나 이어지는 시카트의 말에 라칸의 안색은 파랗게 질리고 말았다.

"흐흐, 이곳 켈쿰에는 용사가 많다고 들었다. 따라서 아마도 매브고드 너를 결투에서 죽여 줄 자들도 분명 있을 것이다. 너는 누구든 강해 보이는 이를 지목해 결투를 벌여 보도록 하라."

"크흐흐흐! 망극하옵니다, 전하."

그것은 매브고드에게 사실상 살육 명령이 떨어진 것이나 마찬가지였다. 누구든 지목해서 죽여도 좋다는 뜻이니까.

매브고드는 창을 움켜쥐고 연회장의 중앙으로 가서 섰다. 그리고는 라칸의 부하들을 무시무시한 눈초리로 노려봤다.

Chapter 10
다크 엘프 메이지

"자, 너희들 중 누가 나를 죽여 주겠느냐? 너냐? 아니면
너냐?"

매브고드와 눈이 마주친 오크들은 기겁하며 시선을 피
했다. 천부장급 오크들도 마찬가지였다. 그들은 자신과 비
슷한 실력을 가진 탓산이 손도 못 쓰고 죽는 모습을 눈앞
에서 지켜본 터라 매브고드에 대한 공포심이 극에 달해 있
었다.

"크크! 아무도 나서지 않는다면 내가 지목해야겠군."

매브고드는 천부장들 중 하나를 또 죽일 심산인지 창을
횡횡 휘두르며 성큼 걸어갔다. 천부장들이 사색이 되어 뒷

걸음질 치는 순간, 돌연 뾰족한 음성이 연회장을 울렸다.

"멈춰요."

다름 아닌 카듀였다. 그녀는 부친 라칸이 곤란을 겪고 있다는 보고를 듣고 황급히 조금 전 연회장에 도착했다가 탓산이 죽는 장면을 목격하고 깜짝 놀랐다. 그런데 매브고드가 그에 이어 또 다른 천부장들도 죽이려고 하자 잽싸게 나선 것이었다.

카듀가 나타나자 시카트는 손을 흔들어 매브고드를 물러나게 했다. 그의 입가에는 회심의 미소가 맺혀 있었다. 그는 카듀를 향해 싸늘히 말했다.

"그대는 몸져누웠다 들었는데 이렇게 거동을 해도 괜찮은 것인가?"

"그럭저럭 견딜 만하옵니다, 전하."

"그렇다면 다행이군. 어쨌든 그대가 이 자리에 나타난 것을 보니 나의 부인이 되기로 마음의 결정을 내린 것으로 받아들이면 되겠소?"

카듀는 힘없이 고개를 흔들었다.

"좀 더 생각할 시간을 주세요. 몸이 좋지 않아 제대로 생각을 하지 못했어요."

그러자 시카트는 냉소를 지으며 말했다.

"그렇다면 좀 더 생각할 시간을 주지."

"그럼 저는 이만……."

카듀는 시카트가 생각할 시간을 더 준다는 말에 안도하며 다시 거처로 돌아가려고 했다. 일단 그녀가 왔다 갔으니 더 이상 시카트가 천부장들을 죽이지 않을 것이란 생각에서였다.

그러나 시카트는 이내 기괴한 표정을 짓더니 카듀를 노려봤다.

"그대는 어딜 또 가려는 건가?"

"거처로 돌아가 생각해 보려고 합니다."

"그대가 생각할 장소는 바로 이곳이다. 그 기간은 오늘 날이 저물기 전까지! 그 이상 시간을 끌면 나의 인내는 한계에 달할 것이다. 매브고드! 그녀를 내 옆으로 앉게 해라."

순간 매브고드가 카듀의 팔을 잡아끌고 시카트의 옆 좌석에 강제로 앉혔다.

"너무 무례하오."

라칸이 벌떡 일어나 외쳤다. 그는 자신의 딸 카듀를 강제로 끌고 온 매브고드를 사납게 노려보았다. 그러자 매브고드는 키득거리며 웃었다.

"난 그저 황자 전하의 명에 따른 것뿐이니 그렇게 날 잡아먹을 듯 노려보지 마시오. 물론 결투를 원한다면 얼마든지 받아 주지."

매브고드는 어디 기분 나쁘면 한번 덤벼 보라는 식이었

다. 라칸은 울컥했지만 카듀가 재빨리 고개를 흔들어 그를
말렸다.

라칸이 결투를 신청하면 매브고드는 그가 아무리 카듀
의 부친이라 해도 단번에 죽여 버릴지도 모른다. 아니, 오
히려 그것은 시카트가 바라는 일일 수도 있었다. 그것을
빌미로 시카트는 제68군단의 군단장을 8황자인 자신을 추
종하는 누군가에게 넘겨 버릴 가능성이 농후했다.

카듀가 시카트의 부인이 된다 해도 지금과 같은 대접은
변함이 없으리라. 카듀는 시카트 황자의 수많은 수집품 중
하나에 불과할 뿐이었다. 그것이 바로 카듀와 라칸이 처한
비참한 현실이었다.

라칸이 비통함과 분노를 간신히 삼키며 자리에 앉자 시
카트는 입가를 비틀며 조소를 날렸다.

"크큭! 너희들이 나에 대해 잘 모르는 것이 있는 것 같
군. 나는 굴종을 원하지 타협 따위는 하지 않는다는 것을
말이야."

시카트는 카듀를 노려보며 말을 이었다.

"그래도 어쨌든 오늘 날이 저물 때까지는 마음을 정할
시간을 주겠다. 너는 그 자리에 앉아서 내가 어떤 이인지
똑똑히 지켜보도록 해라."

시카트는 말을 마치고는 측근 중 하나에게 고개를 돌렸
다.

"그러고 보니 내게 뇌물을 바치겠다는 녀석이 있다 하지 않았나? 그가 누구냐?"

"닥틸라고 노예 사냥꾼으로 제법 이름을 날리는 자이옵니다. 그가 이번에 아름다운 엘프 마법사와 정령 미녀를 사로잡았다며 황자 전하께 선물로 바치겠다고 했습니다."

그러자 시카트의 입가에 미소가 어렸다.

"그런 기특한 녀석이 있다는 말인가?"

"그렇사옵니다."

"흐흐! 아직도 엘프 중에 마법사가 남아 있었다니 그것 참 흥미롭군. 그리고 미녀 정령이라고? 모처럼 무척 구미가 당기는구나. 당장 그것들을 데려와 봐라. 이 자리에서 회포를 풀어야겠다."

"예. 황자 전하."

시카트가 흥미를 보이자 잠시 후 닥틸라가 그의 부하들과 함께 연회장의 입구에 도착했다. 그의 뒤에는 주술의 밧줄로 꽁꽁 묶여 있는 두 미녀가 서 있었다. 다름 아닌 엘프 셀라스와 바람의 정령 실피였다.

본래 투명화 상태로 존재하는 실피는 주술의 밧줄에 묶이며 실체가 오크들의 육안으로 볼 수 있도록 드러나 있었다.

그런데 붙잡혀 온 그녀들의 태도는 사뭇 달랐다.

셀라스는 절망스런 표정으로 연신 눈물을 흘리고 있는

반면, 실피는 차가운 표정으로 오크들을 향해 되레 호통을
날리고 있었다.

"흥! 너희들은 이제 다 죽었어. 순순히 날 풀어 주는 게
그나마 덜 맞을 텐데 말이야. 나의 마스터가 누군 줄 아느
냐?"

그러자 닥틸라가 재빨리 고개를 돌려 실피를 험악한 눈
빛으로 노려봤다.

"그 주둥아리 닥치지 않으면 콱 찢어 버릴 테다."

"흥! 그럼 찢어 보든가. 어디 네 주둥아리는 무사할 줄
아니?"

"으으! 이게 감히!"

닥틸라는 당장이라도 실피를 후려치고 싶었지만 참았
다. 이곳까지 데려오면서 실피의 기를 죽이려고 갖가지 협
박을 해 보았지만 그녀는 조금도 주눅이 들지 않았다.

"호호호! 멍청한 놈! 마스터가 화나면 얼마나 무서운지
알아? 넌 반드시 죽을 거야. 어쩌면 오늘 밤을 넘기지도
못할걸."

"염병할 년! 주둥이 닥쳐라."

닥틸라는 그녀와 실랑이를 벌여 봤자 소용이 없음을 알
았다. 화가 난다고 황자에게 바칠 뇌물인 그녀를 흠집 낼
수도 없는 일이라 스스로 참는 수밖에 없었던 것이다.

지금도 마찬가지였다. 그는 화를 억누르며 셀라스와 실

피를 묶은 밧줄을 손에 쥐고 연회장 안으로 들어갔다.

"큭큭! 이제 황자 전하 앞이다. 그 앞에서도 무례하면 네년들의 모가지는 뎅겅 잘릴 테니 알아서 행동들 하는 게 좋을 거야."

그 말에 셀라스의 표정은 더욱 절망으로 물들었다. 황자라면 크돌로르 황제의 아들이 아닌가? 그런 막강한 권력자에게 뇌물로 바쳐진다면 그녀는 영원히 풀려나기 힘들 것이라는 생각에서였다.

반면에 실피는 조금도 겁을 먹지 않았다. 어차피 지난 천 년 동안 온갖 산전수전, 그야말로 파란만장한 하급 정령의 삶을 살았던 그녀가 아니었던가. 그런 그녀가 고작 이런 일에 겁먹을 리가 없었다.

'칫! 이게 무슨 꼴이람. 어디 가서 더 이상 얻어맞고 다니지 말라고 정령석까지 얻어 주셨는데 정말 마스터를 뵐 면목이 없구나.'

실피는 중급 정령이 되었으면서도 무력한 자신의 모습이 마스터인 무혼에게 면목이 없기는 했지만 그렇다고 해서 절망하지는 않았다.

'호호! 마스터가 곧 오실 거야. 그땐 너흰 다 죽었어.'

그녀는 설사 무슨 모진 꼴을 당한다 해도 눈 하나 깜빡하지 않을 것이다.

오히려 조만간 자신의 마스터인 무혼이 찾아와 철저히

복수를 해 줄 것을 기대하고 있었다. 그래서 셀라스를 위로하는 것도 잊지 않았다.

'셀라스! 겁먹지 마. 곧 마스터께서 우릴 구해 주러 오실 테니까.'

'저…… 정말 오실까? 아직까지 안 오신 걸 보면 혹시 마족에게 당하신 것일지도 몰라…….'

셀라스는 여전히 체념 어린 표정이었다.

'바보 같은 소리 마. 마스터는 그깟 마족들이 떼로 몰려와도 다 죽일 수 있다고. 그분은 마족을 파리 잡듯 하시는 분이라니까.'

'하, 하지만…….'

셀라스는 정말로 실피의 말처럼 무혼이 엘리나이젤을 괴롭히던 마족들을 모두 죽이고 자신들을 구해 주러 올지 확신이 서지 않았다.

그사이 그녀들은 연회장 안으로 끌려 들어갔고, 시카트는 그녀들의 미모를 보더니 침을 질질 흘리며 키득거렸다.

"크흐흐! 닥틸라라고 했느냐? 기특하게도 나를 위해 이런 좋은 선물을 준비했다니 받기만 할 수는 없지. 네게 상을 내리겠다. 원하는 것이 있느냐?"

그러자 닥틸라는 속으로 쾌재를 부르고는 미리 준비하고 밤새도록 외운 대답을 진지한 표정으로 외쳤다.

"황자 전하, 소신이 어찌 상을 바라겠사옵니까? 진작부터 위대하신 8황자 전하를 멀리서라도 한번 뵈었으면 하는 심정이었을 뿐이옵니다. 오늘 이렇게 작게나마 기쁨을 드릴 수 있다는 것으로 소신에게는 큰 영광이옵니다. 하오나 황송하옵게도 황자 전하께서 친히 제게 상을 내려 주신다 하시니, 소신이 그저 먼발치에서나마 황자 전하를 모실 수 있는 은덕을 베풀어 주셨으면 하옵니다."

순간 시카트의 입가에 씩 미소가 맺혔다.

"나를 따르고 싶다? 그 이유는?"

"소신의 특기를 살려 앞으로 황자 전하께 대륙에 존재하는 아름다운 미녀 엘프들과 미녀 정령들을 잡아다 바치고 싶사옵니다."

시카트는 고개를 끄덕이더니 싱글거리며 말했다.

"크흐흐! 그거 제법 마음에 드는군. 너는 이후로 나를 따르도록 해라. 너의 직급은 일단 천부장 정도로 해 주마."

"마…… 망극하옵니다, 전하."

닥틸라의 입이 귀밑까지 쭉 찢어질 듯 벌어졌다.

지금 귀족이라 할 수 있는 천부장이 된 것이 다가 아니었다. 8황자의 측근이 되어 그를 따라다닐 수 있다는 것만으로도 앞으로 그가 누릴 권력은 엄청난 것이니까.

장차 8황자가 황제가 되면 닥틸라는 켈쿰과 같은 도시의 아빼드 자리 정도는 따 놓은 당상이라고 봐야 했다.

닥틸라는 그런 상상을 하며 더없이 행복한 미소를 지었
다.

서컥!

그리고 그것이 바로 그가 지은 생의 마지막 미소였다.
난데없이 날아온 차디찬 검신이 그의 목을 바닥으로 날려
버렸으니까.

툭……!

닥틸라가 영문도 모르고 픽 쓰러지고 그의 목이 바닥을
구르자 연회장에 있던 오크들은 깜짝 놀랐다. 특히 지난
오크 제국 무투회의 영웅이던 매브고드는 충격에 휩싸여
있었다.

'취익! 이럴 수가! 나의 이목을 속이고 이렇게 순식간에
닥틸라를 죽이다니. 저자는 대체 누군가?'

흑색의 음산한 빛에 휩싸인 정체불명의 검객. 짙은 가면
으로 얼굴을 가리고 있어 자세히 봐도 그의 정체가 무엇인
지 알 수가 없었다. 가면 사이에서 번뜩이는 섬뜩한 흑안
은 매브고드조차도 소름이 끼치게 만들었다.

"너는 누구냐?"

매브고드가 창을 부여잡고 성큼 걸어가며 물었다. 그러
자 정체불명의 검객이 무뚝뚝하게 대꾸했다.

"로…… 다이크."

"로다이크?"

"큭큭! 머…… 저리 같은 오크 놈아! 너…… 따위 애송이 놈이 날 어찌 알겠느냐? 대…… 충 백 년 전쯤 나는 엘프 최강의 검사였다."

"취익! 무슨 헛소리냐?"

매브고드는 어이가 없었다. 백 년 전 엘프 최강의 검사였다는 말도 안 되는 소리를 지껄이는 놈이 있을 줄이야. 그리고 설사 그렇다고 해도 그로 인해 겁을 먹을 매브고드가 아니었다.

차앙—

번개처럼 내리친 매브고드의 창과 로다이크의 검이 맞부딪치며 날카로운 금속성을 냈다. 동시에 그들의 창과 검이 무수한 그림자를 만들며 서로를 압박했다.

차앙! 차캉! 카카캉!

창과 검의 그림자들이 공간을 갈기갈기 찢었다. 그 여파에 연회장의 식탁이 박살 나고 그 위에 가득 쌓여 있던 온갖 음식들이 허공으로 난무했다.

"취익! 감히!"

수십 합을 겨루고도 승부를 보지 못하자 매브고드는 인상을 구기며 루스를 끌어 올렸다. 그의 창날에 붉은 강기가 맺혔다. 그러자 로다이크 역시 흠칫 놀라더니 검신에 시커먼 오러 블레이드를 생성시켰다.

콰앙! 쾅! 콰쾅!

창날에 서린 강기와 검신에 맺힌 강기가 부딪치자 천둥이 울리는 듯 커다란 폭음이 울려 퍼졌다. 바람처럼 움직이는 그들의 신형은 번쩍거리는 창과 검의 그림자에 가려 보이지 않았다.

"저놈은 대체 누구냐?"

시카트는 갑자기 이 무슨 황당한 일인가 싶어 인상을 구기고 있었고, 라칸 역시 놀라움이 가득한 표정이었다. 대체 저 정체불명의 로다이크라는 검객이 누구이기에 지난 오크 제국의 무투회에서 당당히 일 위를 차지한 매브고드와 막상막하의 승부를 벌이고 있다는 말인가?

그러나 그들은 그에 대한 궁금증을 가질 여유가 없었다. 그보다 더욱 엄청난 일이 벌어지고 있었기 때문이었다.

놀랍게도 조금 전까지 화창하게 맑았던 연회장 바깥의 하늘이 어느새 짙은 어둠에 휩싸여 있었다. 갑자기 낮이 밤으로 바뀌다니. 이 무슨 말도 안 되는 일이란 말인가?

그러나 특별한 주술을 펼치면 이와 같은 일이 발생할 수도 있음을 알고 있는 시카트는 누군가 자신을 노리고 나타났다는 사실을 깨닫고 이내 안색을 굳혔다.

'취익! 트, 틀림없다. 형님들이 나를 죽이려고 자객을 보낸 것이 분명하다.'

자신을 눈엣가시처럼 생각하고 있는 1황자와 3황자가 보낸 주술 전사가 나타났다는 생각에 시카트는 두려워 떨었다. 그는 자신에게 비록 매브고드라는 강력한 부하가 있지만, 1황자와 3황자 휘하에는 그 못지않은 주술전사들이 수두룩하다는 것을 잘 알고 있기 때문이었다.

무투회의 영웅이라고 해서 오크 제국 최강의 전사는 아니었다. 매년마다 무투회의 영웅은 나타나고, 한번 무투회의 영웅이 된 이들은 그 후로 무투회의 출전이 불가능하기에, 매년 새로운 영웅들이 탄생할 수 있는 것이었다.

그렇게 지난해까지 배출된 무투회의 영웅들 대부분이 1황자와 3황자의 휘하에 있는 부하들이었으니, 시카트가 어찌 그들을 두려워하지 않을 수 있겠는가? 그들 중에서 기괴한 주술을 펼치는 주술 전사 자객이 나타났다는 생각에 그는 다른 부하들을 향해 외쳤다.

"자객이 나타났는데 뭣들 하느냐? 빨리 나를 호위하도록 해라."

"예, 전하."

시카트의 휘하에는 매브고드에 미치지는 못하지만 그래도 만부장급 전사의 실력을 가진 부하들이 제법 있었다. 그들은 각자 자신의 무기를 빼 들고 시카트의 주위를 호위하기 시작했다.

그런데 그사이 매브고드와 로다이크의 대결은 매브고드의 패배로 끝이 났다. 처음에는 매브고드의 매서운 기세에 수세로 일관하던 로다이크가 돌연 강력하게 반격을 하기

시작했고, 그러다 일순 매브고드의 목을 날려 버린 것이었
다.

서컥—

목이 잘린 매브고드의 동체가 몸부림을 치다가 맥없이
쓰러졌다.

자신보다 강한 이에게 죽음을 당한다면 행복할 것이라
고 자신하던 매브고드 역시 오늘 그보다 강한 자의 검에
죽음을 당할 줄은 상상도 못 했으리라.

"이럴 수가! 매브고드가 패하다니!"

믿었던 부하 매브고드가 죽음을 당하자 시카트는 정신
이 아득해졌다. 그동안 황자들 간의 암투에서 자신을 지켜
주던 강한 부하가 저토록 맥없이 죽음을 당할 줄이야.

그러나 지금 그는 매브고드의 죽음을 슬퍼할 겨를이 없
었다. 그사이 연회장으로 들어온 정체불명의 흑색 그림자
들이 시카트와 오크들을 포위하고 있었기 때문이었다. 그
그림자들로부터 하나같이 강한 기세가 뿜어져 나와 오크
들은 숨조차 제대로 쉬지 못했다.

"으으! 도대체 누구의 지시로 나의 목숨을 원하는 것이
냐? 1황자냐? 아니면 3황자냐?"

시카트는 절규하듯 물었다. 그러자 로다이크의 뒤에서
은발의 청년 엘프가 모습을 드러냈다.

"네가 바로 그 8황자라는 놈이로군. 일단 넌 조금 있다

가 보자."

시카트가 두 눈을 부릅떴다.

그는 설마 난데없이 엘프가 나타나 말을 할 줄은 상상도 못 했다.

"엘프? 고작 엘프 노예 따위가 감히 이 일을 꾸민 것인가?"

그러자 청년 엘프의 두 눈에서 폭풍 같은 기세가 뿜어져 나왔다.

"가소롭군. 감히 엘프의 수호 정령인 나 엘리나이젤이 너 따위 오크의 노예로 보인다 이거냐?"

"뭐, 뭣이?"

그 말에 시카트 등의 안색이 딱딱하게 굳었다.

그들은 엘리나이젤이라는 이름을 기억하고 있었다. 고대부터 오래도록 엘프들을 보호해 주던 수호 정령의 이름이 바로 엘리나이젤이기 때문이었다.

그러나 엘리나이젤은 백여 년 전 무슨 이유 때문인지 홀연히 사라졌고, 그의 보호가 사라진 엘프들은 무력하게 노출되어 오크들의 노예로 전락한 것이었다.

그런데 엘프 청년은 자신이 엘리나이젤이라 말하고 있었다.

시카트는 절대 그럴 리가 없다고 생각했지만, 청년 엘프의 몸에서 폭풍처럼 가공할 기세가 뻗쳐 나오는 것을 보고는 왠지 그의 말이 사실 같다는 생각도 들었다.

'으! 정말로 엘프의 수호 정령이 부활이라도 했다는 말인가?'

시카트는 두려움에 몸을 떨었다.

그런데 엘리나이젤은 그런 시카트를 무시한 채 고개를 돌려 엘프 셀라스와 정령 실피를 쳐다봤다. 셀라스와 실피의 몸을 묶고 있던 주술의 밧줄은 닥틸라가 죽으며 사라져 그녀들은 자유로운 몸이 되어 있었다.

엘리나이젤은 셀라스를 향해 만감이 교차한 표정으로 빙그레 미소를 지으며 말했다.

"아이야…… 그동안 얼마나 고생이 많았느냐?"

순간 셀라스의 두 눈은 놀라움과 반가움으로 휘둥그레졌다.

조금 전 엘리나이젤이라는 이름을 들었을 때만 해도 그녀는 어리둥절했었다. 그러나 엘리나이젤이 자신을 쳐다보며 미소를 짓는 순간 그녀는 그가 누군지 확신할 수 있었다.

"아…… 정말로 엘리나이젤 님이시군요. 드디어 돌아오셨군요."

셀라스의 두 눈에서 눈물이 주룩 흘러내렸다. 눈물을 멈추려고 했지만 끝없이 흘러내렸다. 시야가 눈물에 가려 엘리나이젤의 모습이 보이지 않을 정도로.

그러나 그동안 셀라스가 흘렸던 눈물이 슬픔과 절망의 눈물이었다면 지금의 눈물은 기쁨의 눈물이었다. 숱한 죽음의 위기를 넘기며 그토록 고대하던 소망이 드디어 이루어진 것이었다.

엘리나이젤이 다가가 셀라스의 눈물을 닦아 주며 말했다.

"많이 서러웠느냐? 정말로 미안하구나. 이제 내가 돌아온 이상 누구도 너희를 괴롭히지 못한다. 맹세컨대 엘프의 눈에 눈물이 나게 하는 이 역시 그 눈에서 눈물을 흘리게 될 것이고, 엘프의 몸에 피를 흘리게 하는 이 역시 그 몸에서 피를 흘리게 될 것이다."

그 말과 함께 엘리나이젤은 두 손을 뻗어 셀라스의 머리 위에 얹었다.

"나약한 마음을 버리라, 셀라스. 너는 이제 이전과 비할 수 없이 강해지게 된다. 수호 정령의 이름으로 말하노니, 이제 너는 너의 강함을 각성하도록 하라."

"……!"

순간 셀라스의 몸이 부르르 떨렸다. 그녀의 귓가에는 '이제 너는 너의 강함을 각성하도록 하라'는 엘리나이젤의 음성이 끝없이 메아리치고 있었다.

너의 강함을 각성하라……!

그의 음성은 셀라스의 마음 구석구석에 존재하던 두려

움의 감정을 말소시켜 버렸다. 동시에 그녀의 전신에 새로운 힘이 샘솟듯 솟아났다.

화아아악—

일순 그녀의 몸에서 눈부신 빛이 일었다. 금발의 엘프였던 셀라스가 은발의 다크 엘프로 바뀌는 순간이었다.

이전의 셀라스는 그저 순수하고 착한 요정 같은 분위기의 엘프 마법사였다면, 다크 엘프 메이지가 된 지금의 셀라스로부터는 차가우면서도 강인한 예기가 뿜어져 나왔다. 달빛에 비친 장미처럼 그녀의 아름다움은 어둠 속에서 더욱 뇌쇄적으로 변해 있었다.

셀라스는 엘리나이젤을 향해 싱긋 미소를 짓더니 이내 고개를 돌려 뒤쪽에서 엉거주춤하게 서 있는 닥틸라의 부하들을 싸늘히 노려봤다.

"말해 봐. 얼마나 많은 엘프들이 너희 일당으로 인해 노예가 되었는지 기억하고 있느냐? 그 숫자를 정확히 기억하고 있다면 죽이지는 않으마."

그러자 닥틸라의 부하 오크들은 고개를 갸웃했다.

"취익! 그러니까 오백? 맞아. 대충 오백이 넘는 것까지는 기억이…… 자, 자세한 숫자는 모른다……."

무려 오백 명이 넘는 엘프들이 닥틸라 일당에 의해 노예가 되었음을 알게 되는 순간 셀라스뿐 아니라 엘리나이젤의 눈에도 짙은 노기가 맺혔다.

"흥! 파렴치한 놈들! 엘프들의 피의 대가를 받으라! 어
둠 징계의 칼날!"

곧바로 셀라스의 손에서 흑색의 칼들이 생성되더니 닥
틸라의 부하 오크들을 향해 쇄도했다. 오크들은 기겁하며
달아나려 했지만 날카로운 흑색의 칼들은 오크들의 목을
뎅겅 잘라 버렸다.

서컥! 스컥!

"크아아악!"

"꾸아아아아!"

처참한 피 보라가 몰아쳤지만 셀라스는 눈 하나 깜빡하
지 않고 그것을 노려봤다. 마음이 여리기만 했던 예전 같
으면 어림도 없는 일이었다.

실피가 탄성을 질렀다.

"오호호! 셀라스, 바로 그거야. 저 망할 자식들이 죽으
니 속이 다 시원하네."

그때 셀라스는 실피의 옆에 나타나 담담이 미소를 짓고
있는 오크 미청년을 발견했다. 다름 아닌 무혼이었다.

실피는 무혼의 팔에 매달려 활짝 웃고 있었다.

"후후후, 거봐. 내가 뭐라고 했어? 마스터가 오면 다 죽
을 거라고 했잖아. 내 말대로 됐지?"

"응."

셀라스는 빙긋 웃었다. 그러고는 무혼을 향해 정중히 허

리를 숙였다.

"무사히 돌아오셨군요. 엘리나이젤 님을 구해 주셔서 진심으로 감사드려요."

"여관에 저런 불한당 녀석이 들어올 줄은 미처 예상치 못했소. 다친 곳은 없소?"

"호호! 저는 괜찮아요. 이젠 복수를 할 힘도 생겼는걸요? 앞으로 저따위 녀석들에게 당할 일은 없을 거예요."

은발의 셀라스는 씩씩한 미소를 지으며 대답했다. 자신감 넘치는 그녀의 미소는 이전보다 두 배는 더 아름다워 보였다.

무혼은 문득 옆에서 헤헤거리며 실없이 좋아하고 있는 실피를 노려봤다.

"실피, 너는 언제까지 그렇게 맞고 다닐래? 네가 무슨 동네북도 아니고…… 쯧."

그러자 실피는 이내 기가 죽어 시무룩해졌다.

"저도 최선을 다해 저항했지만 어쩔 수 없었어요. 놈들은 정령들도 부리고 있었다고요. 저기 있는 저 녀석들 말이에요."

실피가 가리킨 곳에는 조금 전 셀라스에 의해 죽은 오크 정령사들과 계약했던 정령들이 불안에 떨며 달아나고 있었다.

중급 물의 정령과 하급 땅의 정령인 그들은 계약자였던

오크 정령사들이 죽음에 따라 이제 또다시 정처 없이 세상을 방랑하는 처지가 되어 떠돌아야 할 것이리라.

무혼은 정령들이 달아나는 것을 보았지만 굳이 쫓아가 죽일 필요를 느끼지 않아 내버려 두었다.

바로 그때 연회장에 있던 오크들 중 하나가 무혼을 발견하더니 경악성을 발했다.

"취, 취익! 당신은 그 드래곤……헙!"

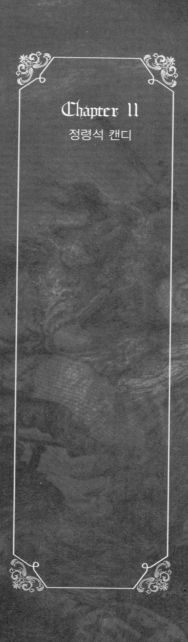

Chapter 11
정령석 캔디

그 오크는 다름 아닌 백부장 아반이었다.

얼마 전 켈쿰 서쪽 숲의 야영장에서 무혼에게 흠씬 혼이 난 적이 있던 아반은 그동안 몸져누워 있다가 이제야 간신히 회복되어 오늘 연회장의 경호를 담당하는 임무로 나와 있었다.

그는 당시 자신의 부하들에게 무혼이 드래곤이었다는 말과, 또한 그 사실을 말하면 대륙 끝까지 쫓아가서라도 죽인다는 말을 듣고는, 자신이 드래곤을 만나고도 살아남았다는 생각에 간이 철렁해 있던 참이었다.

사실 아반은 정확히 말하면 엘프 셀라스가 꽁꽁 묶인 채 연회장에 나타났을 때부터 은연중 불안해하고 있었다. 드래곤인 무혼의 노예임이 분명한 엘프를 잡아왔으니, 곧바로 무혼이 들이닥칠 것이란 예상을 했기 때문이었다.

그러나 그는 그 사실을 라칸에게 미처 보고할 수가 없었다. 하필이면 시카트 황자가 지독한 횡포를 부리는 바람에 그럴 여유가 없었던 것이다.

그런데 아니나 다를까, 곧바로 우려했던 일이 벌어지고 말았다. 결국 엘프의 주인인 드래곤이 모습을 드러낸 것이었다. 그로 인해 아반의 입에서 자신도 모르게 '드래곤'이라는 외침이 터져 나왔고, 그는 이내 자신의 실수를 깨닫고 입을 막았다.

그러나 지금 상황에서 그의 외침은 모든 오크들을 공포에 질리게 만들기 충분했다. 다른 때였다면 아반을 미친놈 취급하며 믿지 않았겠지만 지금 상황에서는 충분히 드래곤이 등장했다 해도 이상할 게 하나 없는 여건이 조성되어 있기 때문이었다.

라칸이 눈을 부릅뜬 채 아반을 노려봤다.

아반은 두려움이 가득 담긴 눈빛으로 고개를 황급히 끄덕였다. 라칸은 비로소 얼마 전 아반이 만신창이 신세로 복귀했던 이유가 실은 드래곤 때문임을 깨닫고는 가슴이 서늘해졌다.

특히나 탈랜도의 전사였던 무혼의 정체가 바로 드래곤

이었을 줄은 꿈에도 생각지 못했다. 그런 드래곤을 사위로 맞으려고 했다니. 라칸은 자신의 실수로 인해 드래곤이 분노한 것은 아닌지 걱정이 되었다.

그리고 카듀는 그제야 무혼의 기이한 점을 이해할 수 있었다. 무혼의 오크답지 않은 멋들어진 외모에 측정 불가능한 가공할 실력, 그것은 그가 드래곤이기에 가능했던 것이리라.

카듀는 드래곤인 무혼이 오크로 변신해 기행을 즐기고 있는 중일 것이라 나름대로 생각을 정리하고 있었다.

시카트의 표정은 경악과 공포에 물들어 있었다. 드래곤이 개입되어 있다면 비로소 백 년 전 사라진 엘리나이젤이 다시 나타났다는 것이 이해가 되는 일이었다.

따라서 지난 무투회의 영웅이었던 매브고드를 죽여 버린 저 정체불명의 검객은 아마도 드래곤의 가디언일 것이다. 시카트는 자신들을 포위한 정체불명의 흑색 그림자들도 드래곤의 가디언이라 확신했다.

그렇게 아반의 외침으로 인해 오크들 모두가 무혼을 드래곤이라 확신하고 패닉 상태에 빠지고 말았다.

그들은 이러지도 저러지도 못한 채 어정쩡한 자세 그대로 서서 무혼과 엘리나이젤의 눈치만 보고 있었다.

그때 엘리나이젤은 그들을 무시한 채 무혼의 옆에서 시무룩해져 있는 실피를 향해 빙그레 웃으며 다가왔다.

"흐음, 너는 귀여운 중급 정령이로구나. 보아하니 이제 갓 중급 정령이 된 듯한데?"

"실피가 지고하신 엘리나이젤 님을 뵈어요."

실피는 최상급 나무 정령이자 엘프의 수호 정령인 엘리나이젤에게 깍듯이 인사했다. 그러자 엘리나이젤은 흐뭇하게 웃더니 뭔가를 뒤적거렸다.

"어디 보자, 캔디가 어디 있더라?"

엘리나이젤은 음영의 아공간에서 커다란 주머니를 하나 꺼냈다. 주머니 안에는 온갖 색으로 아름답게 빛나는 구슬 같은 것들이 잔뜩 들어 있었다. 그것을 본 실피는 두 눈이 휘둥그레졌다. 놀랍게도 그것들은 모두 정령석이었던 것이다.

무혼 역시 놀랐다. 엘리나이젤이 가히 수천 개도 넘음 직한 대량의 정령석을 지니고 있을 줄은 몰랐기 때문이다. 그런데 우습게도 엘리나이젤은 그것을 캔디라고 부르며 그중의 하나를 실피에게 건네는 것이었다.

"옜다! 선물이다. 맛있는 캔디 하나 먹어 봐라."

"와! 고맙습니다."

실피는 캔디, 아니, 정령석을 받아 들고 신이 났다. 그러나 그녀는 이내 그것을 받아도 되는지 무혼을 쳐다보며 허락을 구했다.

무혼은 씩 웃으며 고개를 끄덕였다.

"받아도 좋다. 엘리나이젤도 이제 한식구가 되었으니 그의 호의를 고맙게 받아들여라."

"후후훗, 그럼 잘 먹겠습니다."

실피는 맛 좋아 보이는 예쁜 빛깔의 정령석을 입에 넣었다. 곧바로 그녀의 몸에서 빛이 났고 그녀의 눈빛은 조금 전에 비해 강렬해졌다.

"이제 상급 정령이 된 것이냐?"

"아니요. 하급에서 중급이 되기는 비교적 쉽지만, 중급에서 상급으로 올라가는 건 매우 어렵답니다. 아마도 수십 개, 어쩌면 그 이상 먹어야 될걸요."

"흠, 그래?"

그 말에 무혼은 곧바로 엘리나이젤을 노려봤다. 엘리나이젤은 공연히 움찔했다.

"로드, 제게 하실 말씀이 있으십니까?"

"듣자하니 그 캔디는 상급 정령쯤 되면 거의 무용지물이라 하던데 말이오."

엘리나이젤은 고개를 끄덕였다.

"로드의 말씀대로 그 캔디는 딱 중급 정령 정도에게만 큰 도움이 되지요. 상급 정령은 원기 회복의 용도에 간혹 쓰지만 저처럼 최상급 정령이 되면 그런 것도 거의 도움이 되지 않습니다."

"그런데 군이 그렇게 캔디를 싸들고 있을 필요가 있

소?"

그러자 엘리나이젤은 어색하게 웃었다.

"하하하! 저처럼 나이가 들다 보면 입에 침이 말라서 캔디를 입에 물고 싶을 때가 많은 법입니다. 입이 심심할 때마다 하나 물고 있으면 세상에 부러운 것이 없지요. 그래서 예전엔 엘프들이 캔디를 발견하면 제게 선물로 많이 가져다주었습니다. 하하하!"

그러니까 정령체에는 아무런 도움도 되지 않지만 그저 맛 좋은 캔디 대용으로 사용하고 있다는 말이었다. 그런 식으로 최상급 정령들이 정령석을 독식하니 실피 같은 하급 정령은 천 년이 지나도록 단 한 알의 정령석도 입에 넣지 못했던 것이 틀림없었다.

"그대는 오늘 반노환동의 정령체를 이루었으니 입 안이 마르거나 하지는 않을 텐데 굳이 그런 캔디가 필요하겠소?"

"……!"

엘리나이젤은 무혼의 말대로 젊어진 자신의 정령체를 확인하며 어깨를 으쓱했다.

"하하하! 그러고 보니 로드의 말씀이 맞군요. 이제 굳이 캔디를 입에 물지 않아도 침이 마른다거나 하지는 않을 것 같습니다. 로드께서 필요하신 듯하니 원하시면 얼마든지 드리겠습니다."

그러나 엘리나이젤은 아쉬운지 입맛을 다셨다. 무혼의 말대로 굳이 정령석을 먹지 않아도 되는 상태가 되었지만 왠지 내놓기는 여전히 아까운 모양이었다. 엘리나이젤이 정령인 이상 정령석에 집착하는 본능은 어쩔 수 없기 때문이었다.

무혼은 씩 웃으며 말했다.

"많이는 필요 없소. 저 약해 빠진 중급 정령을 상급 정령으로 만들어 놓을 정도면 되니까. 데리고 다니는 정령이 너무 허약해서 마음을 놓을 수가 없으니, 원."

그러자 엘리나이젤의 안색이 이내 밝아졌다. 그는 실피를 슥 쳐다보더니 주머니에서 정령석 60개를 꺼냈다.

"옜다! 넌 이 정도면 충분하겠어. 한 번에 많이 먹으면 효능이 떨어지니 아침저녁으로 각각 한 알씩 꾸준히 복용하다 보면 대략 한 달이 지났을 때 상급 정령이 되어 있을 것이다."

"아……!"

그렇게 실피는 엄청난 기연을 만나고 있었다.

천 년 동안 하급 정령으로 서러움을 받다가 무혼으로 인해 정령석을 하나 먹고 중급 정령이 된 것이 불과 얼마 전인데, 이제 상급 정령을 바라볼 수 있게 된 것이었다.

그러나 그녀는 과연 받아도 되는 것인지 걱정이 되어 무혼을 쳐다봤다. 자신으로 인해 무혼에게 큰 부담이 될까

봐 두려운 것이었다.

"괜찮으니 받아라. 대신 앞으로 열심히 하면 되는 거야."

무혼은 실피의 머리를 쓰다듬으며 씩 웃었다. 실피는 눈물을 글썽이며 말했다.

"마스터께 받은 은혜 영원히 잊지 않을 거예요. 정말 열심히 하겠어요."

그러자 옆에 서 있던 엘리나이젤이 짐짓 실피를 노려보며 말했다.

"뭐야? 캔디를 준 건 난데 어찌 로드께만 인사를 드리는 것이냐?"

"엘리나이젤 님의 은혜를 제가 어찌 잊을 수 있을까요? 제가 상급 정령이 되면 맛 좋은 캔디들을 많이 찾을 수 있을 테니 그땐 엘리나이젤 님께 꼭 보답을 하겠어요."

실피는 귀엽게 웃으며 대답했다. 엘리나이젤은 흐뭇하게 웃었다.

그런데 그때 옆에서 물끄러미 그들의 대화를 듣고 있던 시카트가 돌연 한 손을 번쩍 쳐들며 외치는 것이었다.

"취익! 캔디라면 내게도 제법 있소."

그 말에 무혼과 엘리나이젤의 시선이 시카트를 향했다.

무혼은 담담한 표정이었지만, 엘리나이젤의 표정은 기대가 어려 있었다. 그는 마치 순간이동을 하듯 시카트의 앞으로 이동했다.

"캔디가 있다는 말이 사실이냐?"

"그, 그렇소. 어림잡아 수백 개는 있지만 원하면 모두 드리겠소."

오호라! 수백 개씩이나? 엘리나이젤의 두 눈이 반짝였다. 그의 입가에는 희미한 미소도 떠올라 있었다.

"정말로 그 수백 개의 캔디를 내게 몽땅 주겠다는 말이냐?"

"흐흐! 물론이오."

시카트는 황자의 체면이고 뭐고 어서 이 자리를 벗어나고 싶은 생각이 간절했다. 캔디라면 그가 매우 좋아하는 것이라 항시 상당량을 가지고 있었기에 그것으로 엘리나이젤의 환심을 사서 무사히 이곳을 벗어날 수 있으리라는 기대에 부풀어 있었다.

"춰익! 무엇 하느냐? 어서 캔디를 몽땅 가져오너라."

"예, 전하."

시카트의 명령에 시종 오크 하나가 후다닥 달려가 두툼한 주머니 다섯 자루를 가져왔다. 각각의 주머니에는 가지각색의 캔디들이 가득 들어 있었다. 물론 그것들은 정령석이 아닌 진짜 캔디였다.

처음 엘리나이젤이 정령석을 캔디라고 하자 무혼도 그것을 캔디라 말하며 대화를 하고 있던 터라 옆에서 듣고 있던 시카트는 그들의 대화에 나오는 캔디가 설마 정령석인 줄은 꿈에도 몰랐다.

물론 그가 조금 침착하게 대화의 내용을 파악했다면 그 캔디가 보통의 캔디가 아니라는 것쯤은 추측하고도 남았을 것이다. 그러나 난데없이 엘프의 수호 정령과 드래곤이 나타나 공포에 질려 있는 상황에 그런 침착함을 기대하기는 어려운 일이었다.

'흐흐! 캔디를 가지고 다니길 잘했군. 설마 엘리나이젤이 캔디에 환장한 놈인 줄 누가 알았겠나?'

시카트는 득의양양한 미소를 지으며 주머니에서 커다란 캔디 하나를 꺼내 보였다. 그것은 이른바 눈깔사탕이라고 불리는 것이었다.

"이 눈깔사탕은 멀리 코볼트 왕국에서 수입한 것인데 쉽게 구할 수 있는 것이 아니오. 먹어 보면 알겠지만 맛이 아주 기가 막힌다오. 둘이 먹다 하나가……."

시카트의 말은 이어지지 못했다. 엘리나이젤이 돌연 한기가 펄펄 날리는 눈빛으로 그를 노려보고 있었기 때문이다.

"그러니까 너는 지금 이따위 것들을 캔디라고 말한 것이냐?"

"……?"

시카트는 갑자기 왜 엘리나이젤이 화를 내는지 이해할

수가 없었다. 그가 가진 캔디들은 매우 귀한 재료로 만들어진 비싼 것들로 어디가도 이보다 더 맛 좋은 캔디를 구할 수는 없었다.

"취익! 그냥 겉보기에 별로 맛없게 보이는 모양이오만 한번 먹어 보시면 달라질 거요. 정말로 이 눈깔사탕은 둘이 먹다 하나가…… 커억!"

시카트가 짐짓 미소를 지으며 캔디의 뛰어난 맛을 설명하려 했지만 엘리나이젤은 급기야 험악스럽다 못해 광기에 젖은 표정으로 주먹을 날리는 것이었다.

"둘이 먹다 하나가 뒈져도 모를 만큼 맛있다는 눈깔사탕이라고? 그래. 어디 네놈의 눈깔로 사탕을 한번 만들어 보자!"

"……푸억! 크억! 케엑! 사…… 살려…… 쿠어억!"

시카트를 순식간에 만신창이로 만드는 엘리나이젤의 주먹 놀림은 상당히 노련했다. 사실 그는 작정하고 시카트를 후려 패고 있었다.

시카트는 엘프들을 노예로 만든 오크 제국의 황제 크돌로르의 아들 중 하나가 아닌가? 애초부터 시카트를 단단히 혼을 내 주려고 벼르고 왔던 터에 때마침 시카트가 캔디로 빌미를 제공했으니 이를 놓칠 엘리나이젤이 아니었다.

게다가 그것은 이곳에 오기 전 무혼이 지시한 바도 있었다. 사실 카듀로부터 8황자 시카트가 켈쿰에 왔다는 말을 들었을 때부터 무혼은 시카트를 적당히 손봐주고 동시에 그를 통해 크돌로르 황제에게 일 차 경고를 날릴 생각이었으니까.

퍽퍽!

쿠어억! 카아악!

그사이 연회장은 연회가 아닌 구타의 장으로 바뀌어 있었다. 엘리나이젤이 시카트를 두들겨 패는 동안 언데드 엘프들은 다른 오크들을 후려갈기고 있었다.

오크들을 향한 엘리나이젤과 언데드 엘프들의 분노는 가공할 정도다. 시카트 황자 일당은 하필이면 그 첫 번째 분노 표출의 대상이 된 어찌 보면 불쌍한 오크들이었다.

"크크큭! 너…… 희들이 감히 엘프들을 노예로 삼았단 말이더냐? 엉?"

로다이크는 검 대신 연회장의 의자를 들고 오크들을 마구 후려치고 있었다. 또 다른 언데드 엘프는 오크들의 투구를 빼앗아 들고 오크들의 머리통을 마구 후려갈겼다.

"크드득! 네…… 놈들도 맞아 봐라. 맞…… 은 곳을 또 맞아라. 죽…… 도록 맞아라!"

퍼퍼퍽!

크아아악! 꾸아악—!

그 살 떨리는 광경을 지켜보는 라칸과 카듀 등은 오금이 저려 와 서 있기도 힘들었다. 그런데 기이하게도 라칸과 그의 부하들은 폭행의 대상에서 제외되어 있었다.

그러나 그들은 자신들이 곧 다음 차례로 맞을 것이라는 생각에 두려워 미칠 지경이었다. 엘프들이 무엇 때문에 오크들에게 분노한 상황인지 알았기 때문이다.

카듀는 자신이 우려하던 천벌이 드디어 오크들에게 임했다는 생각에 더욱 두려워졌다. 언제고 엘프들을 핍박한 대가를 받게 될 것이라 그녀가 입버릇처럼 말했기 때문이다. 그런데 정말로 그때가 올 줄이야.

'아아, 끝났어. 나도 저 분노한 엘프들에게 맞아 죽을 거야.'

카듀는 공포에 질려 제대로 서 있을 수도 없었다. 오죽하면 차라리 먼저 맞고 기절해 있는 이들이 부러울 지경이었다.

매도 먼저 맞는 것이 낫다는 말이 공연히 나온 것이겠는가? 그야말로 눈 뜨고는 볼 수 없을 만큼 처참하게 맞고 있는 이들을 바라보며, 자신이 곧 다음 차례가 될 것을 기다리는 그 처절한 심정은 정말로 당해 보지 않으면 절대로 알지 못할 것이다.

그런데 이상하게도 카듀가 걱정하는 그 공포의 때는 오지 않았다. 어느덧 연회장은 조용해져 있었다. 오크들을 때리는 소리도, 그들의 비명 소리도 잠잠해진 터였지만,

엘프들은 라칸과 카듀 등을 향해 그 어떤 위해도 가하지 않았다.

오히려 그런 그들을 향해 엘리나이젤이 부드러운 미소를 지으며 다가오는 것이 아닌가.

그의 시선은 어리둥절해하는 카듀를 향해 있었다.

"오크의 딸 카듀. 너는 오래도록 우리 엘프들을 위해 기도해 주었다. 그런 너는 우리 엘프의 친구가 될 자격이 있지. 따라서 설령 우리가 지상의 모든 오크들을 멸망시킨다 해도 너와 너의 가족들에게는 손을 대지 않을 것이다."

"……!"

카듀는 깜짝 놀랐다. 자신이 수시로 엘프들을 위해 기도를 하고 그들을 핍박하는 오크들의 죄를 용서해 달라는 기도를 한 것은 사실이었다. 그런데 대체 그것을 어떻게 엘리나이젤이 알고 있는 것일까?

'그렇다면?'

카듀는 문득 고개를 돌려 무혼을 쳐다봤다. 그녀가 동굴 안에서 기도하는 장면을 무혼이 본 적 있었는데, 그로 인해 엘리나이젤도 그 사실을 알게 된 것이 분명했다.

카듀는 비로소 엘리나이젤과 엘프들이 시카트 황자 일행과 노예 사냥꾼 일행만 응징한 이유를 짐작할 수 있었다. 그렇지 않았다면 저 분노의 화신과 같은 엘프들이 켈쿰의 아빼드인 라칸과 그의 딸 카듀를 가만둘 리 없을 것이다.

라칸 역시 그와 같은 사실을 눈치 채고는 간담을 쓸어내렸다. 그는 카듀가 간혹 엘프들을 비호하는 말을 할 때마다 철없는 소리 말라며 꾸짖곤 했는데, 오늘 카듀가 아니었다면 이 성은 폐허로 변했을 것이었다.

"엘프의 수호 정령 엘리나이젤 님이시여! 그리고 위대한 드래곤이시여! 당신들께서 저희 켈쿰에 베푸신 은혜에 감사드립니다. 부디 자비를 베푸사 더 이상의 진노를 거두어 주시옵소서."

라칸이 엎드리며 외쳤다. 카듀도 라칸의 옆에서 엎드렸고, 라칸의 모든 부하 오크들도 일제히 엎드려 자비를 구했다.

그러자 엘리나이젤이 냉엄한 표정으로 그들을 꾸짖으며 말했다.

"어리석은! 그대들은 어찌 지엄하신 로드를 그따위 변덕꾸러기 잡종 녀석들에 비한다는 말인가? 로드께선 드래곤들 따위와 비할 수 없이 존귀하신 분이다."

"……!"

라칸 등은 혼란스러운 표정을 지었다. 무혼이 드래곤보다 존귀한 존재라는 것이 그들로서는 이해가 되지 않았다.

"아무튼 명심해라! 두 번 다시 로드를 드래곤이라 부른다면 내가 결코 용서치 않을 것이다."

엘리나이젤은 자신의 로드인 무혼이 드래곤과 비견되는 것이 결코 유쾌하지 않았다. 그가 비록 드래곤과 적이 되어서는 안 된다고, 가능한 한 그들의 협조를 얻어야 한다고 무혼에게 조언을 하기는 했지만, 무려 백 년 동안이나 친구를 모른 척한 배덕한 드래곤들에게 어찌 좋은 감정이 있을 리가 있겠는가?

무혼은 엘리나이젤이 발끈하며 오크들을 꾸짖는 모습에 손을 흔들며 말했다.

"그만하면 됐소. 여기 일은 이제 내가 처리할 것이니 엘리나이젤, 그대는 이만 가보시오."

"예, 로드. 기왕이면 이곳 켈쿰에 있는 모든 엘프 노예들과 함께 돌아갈 생각입니다."

"무척 좋은 생각이군. 그대는 어떻게 생각하시오, 라칸?"

무혼이 라칸을 노려보자 그는 흠칫 놀라며 잽싸게 고개를 끄덕였다. 그는 즉시 행정관 오크를 향해 말했다.

"취익! 켈쿰의 모든 엘프 노예를 방면하도록 한다. 이에 불응하는 오크들은 아빼드 라칸의 이름으로 켈쿰에서 추방할 것이다. 지금 즉시 군대를 동원해 최대한 빨리 시행해라."

"취익! 알겠습니다, 아빼드."

행정관 오크는 긴장된 표정으로 달려 나갔다. 노예의 주

인들인 오크들의 반발이 적지 않게 있겠지만, 라칸의 군대
가 움직이면 오늘 중으로 모든 엘프 노예들은 방면될 것이
었다.

눈치 빠른 라칸이 시원스럽게 결단을 내리자 엘리나이
젤은 흐뭇한 미소를 지으며 그를 쳐다봤다.

"오크, 그대는 무척 현명한 결단을 했다. 그대는 역시
카듀의 아비 될 자격이 있군. 이후 엘프들은 켈쿰을 친구
의 도시로 생각할 것이다."

"헤헤! 영광이옵니다."

라칸은 애써 미소를 지었지만 속으로는 제정신이 아니
었다. 방금 전의 그 명령은 그의 진심이라기보다는 살기
위해 내린 결단이었다.

행정관 오크는 방면된 오크들을 아빼드의 성 광장이 있
는 곳으로 모이게 했다.

엘프들은 자신들의 수호 정령 엘리나이젤이 부활했으며
자신들을 구하러 왔다는 것을 깨닫는 순간 모두 눈물을 흘
리며 기뻐했다.

엘리나이젤 또한 감회가 새로운지 두 눈에서 눈물을 그
치지 못했다.

"로드! 모두가 로드의 은혜 덕분입니다. 로드께서 저
를 구해 주지 않으셨다면 오늘의 이 기쁨도 없었을 것입니
다."

무혼은 어깨를 으쓱하며 멋쩍게 웃었다.

"알았소. 그리고 부탁이니 더 이상 그렇게 은혜가 어쨌다는 둥 하는 말은 하지 마시오. 계속 그런 말을 들으니까 낯간지러워 미치겠군."

"후후, 뭘 그 정도로 괴로워하십니까? 로드의 위치에 계시면 앞으로 이보다 더한 치사에도 익숙해지셔야 할 겁니다."

"그건 무척 괴로운 일이오."

"아무래도 로드의 낯이 조금 두꺼워지실 필요가 있겠군요."

"철판이라도 깔란 말이오?"

"흐흐! 철판을 몇 겹 정도 까는 경지에 이르시면 괴로울 것도 없지요. 솔직히 말씀드리면 제 얼굴에는 이미 철판이 수십 겹은 깔려 있을 겁니다."

그러고 보니 엘프의 수호 정령 엘리나이젤은 손발이 오그라드는 치사를 엘프들로부터 거의 매일 수십, 수백 번은 더 들어 왔을 것이다. 확실히 그런 치사를 매일 빙그레 웃으며 받아들이려면 얼굴에 철판을 수십 겹은 쌓지 않으면 불가능할 것이었다.

'쯧! 철판을 까는 게 어디 쉬운 일인가?'

무혼은 쓴웃음을 지으며 말했다.

"어쨌든 이제 그대는 엘프들이 모이면 트레네 숲으로

가서 보호 결계를 펼치시오. 혹시 뭐 달리 필요한 것은 없소?"

"특별히 필요한 것은 없습니다. 아, 혹시 마정석들을 구할 수 있다면 보호 결계를 좀 더 강력하게 펼칠 수 있습니다만."

"마정석이라 했소?"

"그렇습니다. 그것들은 워낙 귀한 것들이다 보니 쉽사리 구하기는 힘들 것입니다."

그 말에 무혼은 한숨을 내쉬며 말했다.

"흠, 류그주만 어디서 대량으로 구할 수 있다면 좋겠는데 말이오. 그것들을 구하기가 쉽지 않군."

그러자 엘리나이젤은 고개를 갸웃했다. 마정석 얘기를 하고 있던 도중 갑자기 무혼이 류그주라는 술 얘기를 하자 그로서는 이해가 되지 않았기 때문이다.

엘리나이젤은 엘프의 수호 정령인 만큼 술을 좋아하지 않았다. 따라서 류그주에 대한 관심이 있을 리가 없었고, 심지어 류그주가 무엇인지도 몰랐다.

그런데 그때 근처에서 눈치를 보며 무혼과 엘리나이젤의 대화를 듣고 있던 카듀의 눈빛에 이채가 일었다.

'류그주라면?'

그녀는 즉시 아버지 라칸에게 그 말을 전했다.

무혼이 류그주를 찾고 있다는 말을 들은 라칸은 즉각 성의 창고에 있는 류그주를 몽땅 챙겨 왔다. 류그주는 귀한 술이지만 라칸으로서는 무혼의 환심을 살 수 있다면 그보다 더한 것이라도 내놓을 수 있는 판이었다.

"취익! 로드! 저의 성의이오니 받아 주시옵소서."

켈쿰의 아빼드 라칸이 철제 술병에 담긴 류그주 80병을 가져와 바치자 무혼은 깜짝 놀랐다.

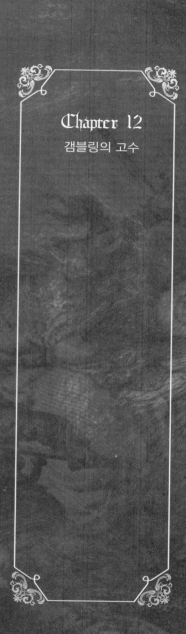

Chapter 12
갬블링의 고수

류그주 80병이면 마정석 80개와 교환이 가능했다. 물론 류그주의 품질에 따라 마정석의 품질이나 개수가 변동될 수도 있으니, 정확한 숫자는 거래를 해 봐야 알겠지만.

"내가 류그주가 필요한 것은 사실이오. 그런데 80병이나 되는 귀한 술을 어찌 거저 받을 수 있겠소. 보통 1병당 50노드랄 정도 한다 들었으니 4천 노드랄을 주면 되겠군."

무혼이 4천 노드랄을 건네려 하자 라칸이 황급히 사양했다.

"허허! 부디 거두어 주십시오. 로드께서 켈쿰에 베푼 은혜가 무척 크시온데 제가 어찌 술 몇 병을 아끼겠습니까?"

사실 라칸으로서는 무혼이 두렵기도 했지만 한편으로 무척 고마움을 느끼고 있었다. 음흉한 8황자 시카트의 마수로부터 자신과 딸 카듀를 구해 준 것이나 다름없기 때문이다.

만일 다른 일로 8황자가 켈쿰에서 변을 당했다면 오히려 라칸이 황제의 진노를 두려워하겠지만, 엘프의 수호 정령 엘리나이젤과 드래곤으로 추정되는 무혼의 소행이라면 애기가 달라진다.

앞으로 황제는 엘리나이젤과 드래곤의 분노를 막기에 급급할 테니까.

따라서 켈쿰은 자연스레 8황자의 마수로부터 자유로워질 것이고, 심지어 엘프들의 분노로부터도 안전해진 것이었다. 그러다 보니 라칸으로서는 앞으로도 류그주가 생기면 무조건 무혼에게 바칠 생각을 할 만큼 무혼에게 큰 고마움을 느끼고 있었다.

"부디 받아 주세요, 로드. 저희들의 마음이옵니다."

카듀도 옆에서 거들었다.

무혼은 고개를 끄덕였다. 엘리나이젤의 말대로 이럴 때는 얼굴에 철판을 깔고 받는 것이 나을 듯했다.

"그럼 고맙게 받겠소."

무혼은 류그주 80병을 아공간에 넣은 후 잠시 한적한

공간으로 이동했다.

한적한 공간으로 가장 적당한 곳은 북쪽에 있는 지하 동굴이었다. 동굴 안에 들어오자마자 무혼은 그동안 주머니 속에 넣어 놨던 땅의 정령의 인형을 땅바닥에 내려놓았다.

그러자 감겨 있던 인형의 두 눈이 번쩍 뜨였다. 동시에 그것의 키가 쑤욱 커지더니 인간 소년의 모습으로 화했다.

노움 주릅 로이트.

중급 땅의 정령으로 이로이다 대륙의 땅이 있는 곳에서는 어디서든 무혼이 땅의 최상급 정령인 츠베르크와 거래를 할 수 있도록 도와주는 능력이 있다고 했다.

무혼이 트레네 숲을 떠난 이후 로이트를 깨워 본 것은 지금이 처음이었다.

"안녕하세요."

로이트는 밝게 웃으며 인사했다.

"그래. 오랜만이구나."

"헤헤! 저는 줄곧 잠만 자다 보니 시간이 얼마나 지났는지 몰라요."

"그렇게 매일 잠만 자면 지겹지 않으냐?"

"저는 자고 또 자도 조금도 질리지 않아요. 세상에 잠을 자는 것처럼 행복한 일이 어디 있을까요?"

"그것 참 특이한 일이군. 어쨌든 내게 류그주가 좀 있으니 마정석과 교환을 하고 싶은데 가능하겠느냐?"

"물론이지요. 노움 주름인 저의 특기가 바로 그것이랍니다."

그 말과 함께 로이트는 손을 휘저었다. 그러자 바닥의 땅이 흔들리더니 쑤욱 솟아나며 큼직한 탁자의 형상으로 화했다.

"이 탁자 위에 류그주를 놓아 주세요."

"그러지."

무혼은 아공간에서 류그주 80병을 꺼내 탁자 위에 올려놓았다. 그러자 로이트는 놀란 듯 탄성을 발했다.

"우와! 80병씩이나? 이걸 모두 마정석으로 교환하실 건가요?"

"물론이다."

무혼이 고개를 끄덕이자 로이트는 탁자 위에 놓인 류그주를 1병 1병 신중하게 감정하기 시작했다. 특이하게도 그냥 철제 술병을 손으로 감싸듯 한 번씩 만져 보는 것이 그의 감정 방식이었다.

"마개를 따고 술을 맛보지 않고도 술의 품질을 알 수 있느냐?"

"제게는 어렵지 않은 일이에요."

로이트는 자신 있는 미소를 지었다. 감정 방식이 특이하다 보니 감정은 순식간에 끝이 났다.

"상급 류그주 2병에 중급 류그주 78병이군요. 이것들은

1타라 마정석 86개로 교환이 가능해요."

이로써 마정석이 무려 86개나 생기는 순간이었다. 무혼은 흡족한 표정으로 고개를 끄덕였다.

"좋아. 모두 마정석으로 바꿔 줘."

순간 탁자 위에 짙은 갈색의 구름이 피어나더니 류그주가 모두 사라져 버렸다. 동시에 하얗게 반짝이는 돌 86개가 탁자 위에 놓였다.

"호오! 그것참 신기하군."

이토록 순식간에 교환이 될 줄이야. 무혼은 노움 주룹 로이트의 신비한 능력에 무척 놀랐다.

로이트는 씩 웃었다.

"츠베르크 님께서 대량의 거래에 감사드린다고 하셨어요. 앞으로도 잘 부탁드린다고 하시는군요."

"물론이다. 류그주를 얻게 되면 언제든 거래를 할 테니 염려 말라 전해라."

로이트와 츠베르크는 특별한 방법으로 서로 의사를 교환할 수 있는 모양이었다. 하긴, 그렇지 않다면 이렇게 멀리 떨어진 곳에서 류그주를 마정석으로 교환해 주기란 불가능한 일일 것이다.

그런데 그때 로이트가 돌연 눈을 반짝이며 무혼을 쳐다봤다.

"마정석이 많이 생겼는데 혹시 저와 갬블링을 하실 생

각은 없으세요?"

"갬블링?"

"간단한 놀이죠. 승리하면 마정석을 더 획득하실 수 있어요. 물론 패배하면 마정석을 잃게 되겠지요."

"그러니까 지금 나와 도박을 하자고?"

무혼은 어이없는 표정으로 로이트를 노려봤다.

그러자 로이트는 헤헤 웃더니 손을 휘저었다. 순간 탁자 위에 다섯 개의 오목한 그릇이 나타났다. 로이트는 자그만 주사위 하나를 무혼에게 보여 주더니 탁자 위에 놓고 그릇으로 그것을 덮었다.

"어때요? 이 주사위가 있는 그릇을 맞추면 마정석을 거는 만큼 받을 수 있어요. 좌측부터 1번, 2번, 마지막이 5번 그릇이니 잘 보고 선택해 주세요."

"흠."

"후후, 겁이 나면 하지 않아도 좋아요. 모험은 아무나 하는 게 아니니까요."

"도박 따위가 무슨 모험이냐?"

라고 하고 싶었지만 무혼은 싸늘한 미소와 함께 고개를 끄덕였다.

"좋아. 정말 그렇다면 모험을 한번 해 보지."

"와우! 잘 생각하셨어요."

로이트의 입가에 의미심장한 미소가 맺혔다. 곧바로 로

이트의 손이 현란하게 움직였고, 그에 따라 다섯 개의 그 릇도 빛살 같은 속도로 움직이다 멈췄다.

"자, 주사위는 어디에 있을까요?"

"1번에 한 개 걸겠다."

무혼이 가장 좌측 그릇 앞에 마정석 한 개를 밀어 놓으 며 담담히 말했다. 그러자 로이트는 헤헤 웃으며 그릇을 뒤집었다. 그곳엔 주사위가 없었다.

"실망하지 마세요. 기회는 또 있으니까요."

로이트는 무혼의 마정석을 자신의 앞으로 챙기고는 다 시 그릇을 돌렸다.

"3번에 한 개!"

이번에는 무혼이 승리해서 마정석 한 개를 땄다.

"헤헷! 축하드려요. 근데 계속 한 개씩만 거실 건가요? 마정석을 많이 벌고 싶다면 좀 더 통 크게 베팅해 보시는 게 어때요?"

로이트는 의미심장한 미소를 지으며 무혼을 부추겼다.

무혼이 피식 웃으며 말했다.

"그렇다면 이번엔 통 크게 해 보지. 5번에 열 개!"

"우후후, 이걸 어쩌죠? 제가 이겼군요."

5번 그릇에는 주사위가 없었다. 로이트는 무혼의 마정 석 열 개를 챙겼고, 무혼은 짐짓 인상을 구겼다.

"으음! 분명 그곳에 있었는데 이상하군."

"실망하지 마세요. 기회는 또 있으니까요."

로이트는 빙긋 웃으며 그릇들을 돌렸다. 그런데 로이트는 무혼의 입가에 회심의 미소가 맺혀 있는 것을 보지 못했다.

'후후! 츠베르크! 그대는 나에 대해 정말 모르고 있군. 내가 어떤 인물인지 안다면 결코 이런 도박을 제의하지 않았을 텐데 말이야.'

무혼은 이미 로이트가 츠베르크의 조종을 받고 있음을 알아차렸다. 로이트의 눈빛에서 츠베르크의 눈빛을 느꼈기 때문이었다.

따라서 지금 무혼과 도박을 벌이는 것은 로이트가 아니라 실상 로이트 뒤에서 그를 움직이고 있는 땅의 정령 츠베르크였다. 술을 좋아하는 기괴한 성격의 츠베르크는 도박에도 제법 조예가 깊은 듯했으나 무혼이 심리 파악의 달인이라는 사실을 모르는 것이 그에겐 불행(?)이었다.

"자, 어디로 거실 건가요?"

"음…… 모험이다. 3번에 40개!"

그 순간 로이트의 표정이 딱딱하게 굳어졌다. 로이트는 나직하게 탄식을 하면서 중앙의 그릇을 뒤집었고 그 안에 있는 주사위를 확인했다.

무혼이 크게 웃었다.

"하하하! 내가 이겼구나. 무려 40개를 딴 것인가?"

"추…… 축하드려요."

로이트는 어색하게 웃으며 무혼이 걸었던 마정석 40개와 추가로 40개를 더해 도합 80개의 마정석을 무혼 앞에 내밀었다.

무혼은 그것들을 챙기며 말했다.

"앞으로도 운이 계속 좋으리라는 법은 없지. 이만하면 제법 땄으니 그만하는 게 좋겠다."

그러자 로이트가 다급히 말했다.

"고작 몇 십 개 따고 관두실 건가요? 이런 기회가 또 없을걸요. 저는 아무 때나 갬블을 하자고 하진 않거든요."

그 말에 무혼은 잠시 고심하는 표정을 짓더니 고개를 끄덕였다.

"그래? 그럼 딱 한 판만 더 해 볼까?"

"우홋! 잘 생각하셨어요."

"4번에 다섯 개!"

"후후후, 어쩌죠? 제가 이겼군요."

로이트는 무혼이 베팅한 다섯 개의 마정석을 챙기며 씩 웃었다. 그리고 은근슬쩍 다시 그릇을 돌렸다.

"자, 한 판 더? 기회는 얼마든지 있어요."

"물론이다. 5번에 몽땅!"

무혼은 현재 남은 111개의 마정석을 모조리 5번 그릇 앞에 밀어 놓았다. 그 순간 로이트의 안색이 창백하게 변했다.

"저…… 정말로 5번에 그걸 다 거실 생각이세요?"

"그냥 왠지 느낌이 좋구나."

"그러다 틀리면 말 그대로 개털이 되실 수도 있어요."

"그럼 어쩔 수 없겠지. 어서 그릇을 뒤집어 봐라."

그러자 로이트는 낭패한 표정으로 그릇을 뒤집었고 주사위가 있음을 확인했다. 그로 인해 무혼은 111개의 마정석을 땄고, 도합 222개의 마정석이 무혼의 앞에 쌓였다. 이번에는 무혼이 제의했다.

"한 판 더 하겠느냐?"

"흐흐! 원하신다면요."

로이트는 약이 오른 듯 두 눈에 힘을 주고 고개를 끄덕였다. 곧바로 로이트의 손이 가히 광속에 가까운 속도로 탁자 위를 움직이기 시작했다.

스파파파—

앞선 판들에 비해 몇 배는 빠른 속도였다. 로이트는 무혼이 이번에는 절대로 주사위의 위치를 알 수 없으리라 확신했다.

그런데 로이트가 크게 간과하고 있는 것이 하나 있었다. 지금까지 무혼이 단 한 번도 로이트의 손놀림을 주시한 적이 없었음을 말이다.

무혼이 보고 있는 것은 로이트의 눈빛이었다. 무혼은 그 눈빛의 미세한 변화조차도 놓치지 않았고, 그로부터 이미 로이트, 아니, 배후에 있는 츠베르크의 심리를 읽어 버렸다.

따라서 백 판을 해도 백 판 다 무혼이 승리할 수 있는 상황이었다. 무혼은 로이트의 눈빛이 발하는 미세한 변화에서 주사위의 위치가 어디인지 읽어 낼 수 있기 때문이었다.

마치 전투 시 상대의 움직임을 훤히 파악하고 그로부터 가볍게 승리를 거머쥐는 상황과 흡사했다.

그러나 짐짓 무혼은 자신의 승리가 운인 것처럼 위장했고 몇 번을 져 주기도 했다. 그리고 이제야 결정적인 승부를 벌인 것이었다. 그리고 그것에 로이트는 걸려들었다.

"자, 베팅해 보세요."

로이트가 긴장된 표정으로 무혼을 노려봤다. 무혼은 산처럼 쌓인 마정석들을 맨 좌측 그릇 앞으로 밀었다.

"1번에 222개 몽땅!"

"……!"

순간 로이트가 두 눈을 부릅떴다. 무혼은 팔짱을 낀 채로 씩 웃었다.

"뭘 놀라느냐? 어서 그릇을 확인해 보거라."

"제, 제길! 정말 보통 고수가 아니셨군요."

로이트는 울먹이는 표정으로 그릇을 뒤집었다. 역시 그

곳에는 주사위가 있었다. 무혼이 씩 웃었다.

"고수는 무슨! 나는 그냥 운이 좋았을 뿐이다. 그나저나 222개를 땄으니 이제 내가 가진 마정석은 모두 444개로구나."

"크윽! 축하드려요."

"어때? 내 운이 계속되는지 시험해 보고 싶은데 말이야."

"으득! 좋아요. 대신 몽땅 다 거셔야 돼요."

로이트는 사생결단하는 자세로 그릇을 돌렸다.

물론 결과는 무혼의 승리였다. 이로써 무혼의 마정석은 888개가 되었다.

무혼은 하하 웃으며 물었다.

"또 한 판 하겠느냐?"

"쳇! 됐어요. 더 이상 했다간 거덜 나고 말겠네요."

로이트는 그야말로 똥 씹은 표정으로 무혼의 앞에 마정석 888개를 밀어 놓았다. 그러다 머리를 긁적이며 말했다.

"근데 혹시 개평은 없나요?"

그러자 무혼은 마정석 887개는 아공간에 넣고 나머지 한 개를 로이트에게 던져 주었다.

"옜다."

"쳇! 너무하네. 고작 한 개?"

"그래서 받기 싫다는 것이냐?"

"헤헤! 아니에요."

로이트는 잽싸게 마정석 한 개를 받아 챙겼다. 무혼이 빙그레 웃으며 말했다.

"어쨌든 네 덕분에 한몫 단단히 챙겼구나. 자신이 생기면 다음에 또 얼마든지 도전해라."

"다른 종목도 상관없겠죠?"

"얼마든지."

"흐흐, 좋아요. 그럼 다음에는 각오 단단히 하세요."

곧바로 로이트는 작은 인형으로 돌아갔다. 무혼은 눈을 감고 곤히 잠들어 있는 로이트를 주머니 속에 넣은 후 동굴 바깥으로 나갔다.

'후후후, 제법 수입이 짭짤하군.'

무혼은 츠베르크가 류그주와 마정석을 대량으로 교환해준 뒤 은근히 수작을 벌여 다시 마정석을 거둬 가려는 속셈이 있음을 간파했기에 한바탕 혼쭐을 내준 것이었다.

그러나 로이트의 눈에 비친 츠베르크의 눈빛을 보니 아직 정신을 못 차린 듯, 다음에 다시 도전할 의사가 가득했다. 무혼으로서는 짭짤한 수입을 챙길 것이니 환영하는 바였다.

그사이 아뻬드 성의 광장에는 대략 2백여 명의 엘프들이 모여들었다. 도시 켈쿰에 있는 모든 엘프 노예들이 방면된 것이었다. 엘프들은 모여든 순서대로 엘리나이젤에 의해 다크 엘프로 각성했다.

각성한 다크 엘프들로부터는 더 이상 노예로서의 비굴한 모습이 보이지 않았다.

강렬하게 변한 그들의 눈빛을 오크들은 감히 쳐다보지도 못하고 두려워 떨었다.

"이제 모두 모인 것이오?"

무혼이 나타나자 다크 엘프들은 일제히 허리를 숙이며 외쳤다.

"오! 위대하신 로드를 뵙습니다."

"저희 엘프들의 영원한 은인이신 로드를 뵈어요."

오크들을 향해서는 그야말로 섬뜩할 만큼 비정하고 차가운 눈빛을 보내던 다크 엘프들이 무혼을 향해서는 한없는 경외감을 비추고 있었다. 그것은 단순히 엘리나이젤에게 무혼이 마족들을 무찌른 얘기를 들었기 때문이 아니었다.

엘프들이 다크 엘프로 각성한 까닭은 수호 정령 엘리나이젤이 준 특별한 암흑 마나의 기운 때문이다. 그런데 엘리나이젤이 가진 암흑 마나의 진원은 무혼의 진원으로부터 비롯된 것이었다.

즉, 사실상 다크 엘프들이 가진 힘의 뿌리가 무혼으로부터 기원한 것이기에 그들은 본능적으로 무혼 앞에 경외감을 느끼지 않을 수 없었다.

마족이 가진 암흑은 사악하지만, 무혼이 가진 암흑은 그저 색깔만 검을 뿐, 투명한 빛과 다를 바 없이 순수하고 강렬한 힘.

따라서 다크 엘프들의 심성은 본래와 다를 바 없이 착하고 맑았다. 그러나 그들이 가진 마음의 자세는 이전과 확연히 달라졌다. 순진하고 약한 마음에서 강한 마음으로 바뀐 것이었다.

다크 엘프들은 이제 누군가 자신들을 지켜 줄 것이라 생각하며 현실에 안주하지 않을 것이다. 끊임없이 수련을 하며 자신들을 위협하는 적들과 맞서 싸울 것이다.

그들은 노예로서 비참한 생활을 하며 자유가 얼마나 중요한지 더더욱 절실히 체감할 수 있었다. 따라서 어렵게 되찾은 그 소중한 자유를 지키기 위해 전력을 다해 노력하지 않을 수 없으리라.

무혼은 자신을 바라보는 2백여 명의 다크 엘프들을 향해 따스한 미소를 지어 주었다. 그러고는 엘리나이젤을 향해 말했다.

"그럼 그대는 먼저 트레네 숲에 가 있으시오. 조만간 오크들의 땅에 있는 모든 엘프들이 방면되어 트레네 숲으로 가게 될 것이오. 그리고 이것은 마정석이니 보호 결계를 펼칠 때 활용하도록 하시오."

무혼은 오늘 획득한 마정석 중 800개를 엘리나이젤에게 건넸다.

엘리나이젤의 두 눈이 휘둥그레졌다.

"아니? 대체 이토록 많은 마정석을 어디서 얻으셨습니까?"

"후후, 다 얻는 데가 있소. 보호 결계를 강화시키는 데 도움이 되었으면 좋겠군."

"하하하! 이 정도라면 트레네 숲 전체를 두르는 방대한 보호 결계를 펼칠 수도 있습니다. 이제 트레네 숲은 어지간한 마족들 수십이 몰려와도 어쩌지 못하는 안전한 장소가 될 것입니다."

엘리나이젤은 매우 기뻐했다. 무혼은 놀랐다.

"보호 결계의 위력이 그토록 강해진다는 말이오?"

"물론입니다. 물론 마족들의 숫자가 그보다 많아진다면 버티기 힘들겠지요. 또한, 만일 드래곤들이 나타난다면 결계를 지키기란 더욱 힘듭니다."

"드래곤들의 능력이 마족보다 뛰어나다고는 들었소."

엘리나이젤은 씁쓸히 고개를 끄덕였다.

"그 빌어먹을 놈들 서넛만 있으면 결계를 무력화시킬 수 있습니다. 그놈들에게는 보호 결계를 파훼하는 특별한 능력이 있기 때문이지요. 따라서 제가 절대로 그놈들을 적으로 돌려서는 안 된다고 말씀드린 것입니다."

그 말에 무혼의 안색이 굳어졌다.

"그럴 리는 없겠지만 만에 하나 드래곤들이 나타나면 놈들을 트레네 숲 하늘 호수가 있는 곳으로 유인한 후 물의 정령 아르나에게 맡기시오. 그녀라면 드래곤 로드가 나타나지 않는 한 쉽사리 당하지 않을 테니까."

"로드의 말씀대로 확실히 그 성질 더러운 물의 정령이 있는 한 어지간한 드래곤들은 얼씬도 못 하겠군요."

"아르나도 과거와 달리 요즘은 성질이 많이 순해졌을 것이오."

"그러길 바랄 뿐입니다."

엘리나이젤은 씩 웃으며 고개를 끄덕였다. 잠시 후 그는 엘프들과 함께 트레네 숲으로 향했다.

켈쿰의 오크들은 도시 서쪽으로 나가는 엘프들을 망연자실한 표정으로 바라보고만 있었다. 지난 백 년 동안 오크들의 노예였던 엘프들이 당당히 걸어 나가고 있었지만 오크들 중 누구도 엘프들을 저지하지 못했다.

그것은 절대로 엘프들의 앞을 가로막지 말라는 아빼드라칸의 지시 때문이기도 했지만, 이전과 비할 수 없이 강력한 기세를 풍기는 엘프들에게 오크들이 압도당한 탓도 있었다.

그렇게 불과 2백여 명의 엘프들에게 수만의 오크들이 두려워 떨었다. 다크 엘프로 각성한 엘프들은 오크들이 감히 어쩔 수 없는, 이른바 포식자로서의 위치에 있었다.

한편 그사이 아빼드 성의 연회장에는 다시 긴장감이 감돌았다. 8황자 시카트가 무혼의 발밑에서 비굴한 표정으로 몸을 떨고 있었고, 라칸과 카듀 등은 멀찍이서 두려움에 젖어 그 장면을 지켜봤다.

"취익! 제발 살려 주십시오."

시카트는 자신이 황자라는 처지는 잊은 지 오래인 듯 두 손을 싹싹 빌며 목숨을 애걸했다.

무혼이 담담히 물었다.

"그렇게 살고 싶은가?"

"사…… 살려 주시면 뭐든 다 하겠습니다."

"쯧! 실망이군. 제국의 차기 황제를 노린다는 야심가란 녀석이 고작 목숨이나 구걸하다니 말이야."

그러자 시카트는 허탈하면서도 착잡한 표정으로 대답했다.

"크큭! 죽고 나면 황제가 다 무슨 소용이 있겠습니까? 황제 자리도 살고 난 이후에나 생각해 볼 일입니다."

"매를 맞더니 제법 현명해졌군. 네 말대로 죽고 나면 모든 게 끝이다. 네가 가진 모든 게 다 쓸모없는 것으로 변한다는 것이지."

"마…… 맞습니다. 그걸 이제야 깨달았습니다. 그러니 제발 살려 주십시오."

비굴하긴 했지만 시카트의 두 눈에서는 어떻게든 살아 보겠다는 염원이 가득했다. 그는 무혼을 드래곤으로 알고 있기에 저항이나 복수를 하겠다는 생각을 버린 지 오래였다.

게다가 자신의 심복이자 강한 오른팔이었던 매브고드가 죽은 이후 황제가 되겠다는 그의 야심은 대부분 사라지고 말았다. 그래서 시카트는 이곳에서 빠져나가는 즉시 자신의 결심을 1황자와 3황자에게 알린 후 변방의 도시에서 아빼드 노릇이나 하면서 살 생각이었다.

그때 무혼이 시카트를 노려보며 말했다.

"좋다. 살려 주도록 하지. 그러나 내가 너를 살려 주는 이유는 크돌로르 황제에게 나의 부탁과 경고를 전하기 위함이다."

"부탁과 경고라 하오면?"

"먼저 나의 부탁은 제국에 있는 모든 노예들, 즉 엘프와 오우거, 미노타우루스, 사이클롭스, 자이언트 오크, 트롤 등을 모두 방면해 트레네 숲으로 보내라는 것이다."

그 말에 시카트는 멍해졌다. 무혼이 설마 그런 부탁을 할 줄은 몰랐던 것이다. 시카트가 생각하기에 무혼의 부탁은 그야말로 말도 되지 않는 것이었다.

"취익! 그, 그건 정말 터무니없는 부탁입니다. 부황께서는 노예들을 죽일지언정 결코 방면해 주지 않을 것입니

다."

"그래서 부탁뿐 아니라 경고도 하는 것이다. 크돌로르 황제가 나의 부탁을 거절하면 나는 전쟁을 통해 그것을 가능하게 할 것이니까."

무혼은 싸늘히 웃으며 말을 이었다.

"엄밀히 말하면 이것은 오크들을 향한 나의 배려라고 할 수 있다. 순순히 노예들을 방면하면 과거의 일은 묻지 않고 용서하겠다는 의미이지. 또한 나의 부탁을 들어준 대가로 이후에 오크 제국에 위급한 상황이 발생하면 도움을 줄 생각도 있음을 전해라."

"하오나……."

"더 이상 긴 말은 하지 않겠다. 지금 즉시 가서 네가 들은 대로 전해라."

"아, 알겠습니다."

시카트는 비틀거리며 일어났다. 곧바로 그는 무혼을 향해 꾸벅 허리를 숙이고 연회장을 빠져나갔다. 뒤늦게 정신을 차린 그의 수행원들도 후다닥 일어나 시카트 황자의 뒤를 따랐다.

Chapter 13
카탁티시 산

시카트가 수행원들과 함께 황도로 떠나자 무혼은 다시
본래의 목적지인 카탁티시 산으로 향했다. 그곳 정상 근처
에 위치한 동굴에 웅크리고 있는 마족 카수스를 해치우기
위함이었다.

중급 정령이 된 실피의 속도는 하급 정령 때에 비해 상당
히 빨라졌지만 여전히 무혼이 보기에 느릴 뿐이었다. 그래
서 실피를 품에 안고 경공을 펼쳤고, 실피는 무혼에게 방향
을 알려 주었다.

북쪽 카탁시스 산으로 가는 곳 앞에는 수많은 산들이 펼
쳐져 있었다. 각 산의 봉우리에 있는 나무의 우듬지들을 밟

으며 마치 봉우리와 봉우리를 한 걸음에 건너뛰는 듯한 무혼의 신비로운 경공술에 실피는 감탄을 금치 못했다.

그러나 명색이 바람의 정령인 자신이 무혼에게 기대어 이동하고 있는 것이 왠지 부끄러웠다.

"마스터, 조금만 기다려 주세요. 조만간 상급 정령이 되면 그땐 제가 마스터를 태우고 다닐 테니까요."

"나를 태우고 다닌다면 설마 새로 변신이라도 한다는 것이냐?"

"호호, 그런 건 지금도 얼마든지 가능해요. 다만 마스터께서 원하시는 만큼 속도가 빠르지 못할 뿐이죠."

"그래? 그럼 어디 새로 한번 변신해 보거라."

그러자 실피가 싱긋 웃더니 커다란 바람의 새로 변했다. 물론 투명화 상태의 바람이 형상화된 것으로 무혼의 눈에만 보이는 새였다.

휘이이이―

무혼이 올라타자 실피는 힘차게 날갯짓을 하고 날아갔다. 그런데 그녀의 말대로 그 속도는 무혼이 보기에 답답할 정도로 느렸다.

"속도는 느리지만 그래도 재미는 있구나. 확실히 정령석을 구해 먹이기 잘했다는 생각이 드는군."

"호호! 앞으로 제가 상급 정령이 되면 더욱 그런 생각이 드실걸요? 그럼 또 다른 걸로 변신해 볼게요."

실피는 날개 달린 말로 변했다.

무혼은 바람의 말을 타고 하늘을 나는 신 나는 경험을 할 수 있었다. 실피의 말대로 속도만 빨라진다면 무혼이 굳이 경공술을 펼칠 것 없이 실피를 타고 이동하는 것도 나쁘지 않을 듯했다.

"이것 말고 또 딴 건 없냐?"

"음, 물론 있죠."

실피는 비마(飛馬)의 모습에서 투명한 욕조로 변했다. 어느새 무혼의 옷이 모조리 벗겨지고 무혼은 목욕을 하듯 욕조에 안에 편안한 자세로 앉아 있었다.

휘이이—

욕조 안에는 따스한 물 대신 따뜻한 바람이 소용돌이치듯 돌고 있었는데, 그것이 의외로 피로를 싹 풀어 주는 것이었다.

놀랍게도 실피는 그 상태로도 하늘을 날고 있었다. 물론 속도는 그리 빠르지 않았지만 그래도 무혼은 목욕을 하면서 하늘을 나는 기이한 즐거움을 누릴 수 있었다.

무혼은 따뜻한 욕조에 누운 채로 아래 지나가는 산의 경치들을 느긋하게 감상하며 빙긋이 미소를 지었다.

"하하하! 이것 정말 괜찮은걸. 그럼 난 한숨 자야겠다."

"호호, 염려 말고 이동은 제게 맡겨 주세요, 마스터."

무혼이 모처럼 낮잠을 즐기는 사이 실피는 부지런히 북

쪽으로 날아갔다.

그러나 그녀의 욕조 비행은 그리 오랜 시간 동안 유지되지 못했다. 잠시 후 낮잠에서 깨어난 무혼이 그녀의 느린 속도에 답답해했기 때문이었다.

'쯧! 이 속도로 가다간 끝이 없겠구나.'

느긋하게 유람 여행이라도 하는 상황이라면 모를까, 마족 카스스를 해치운 후 드래곤 산맥으로 가야 하는 무혼으로서는 계속 여유를 부릴 때가 아니었다.

무혼은 다시 실피를 안고 경공술을 펼쳤고, 그렇게 대략 하루가 꼬박 지났을 때 카탁티스 산의 정상이 보이는 곳에 도착할 수 있었다.

'저기 동굴이 보이는군.'

동굴은 뾰족한 독뱀의 머리처럼 솟아 있는 봉우리의 정상 바로 아래에 있었다. 그런데 특이하게도 그 동굴의 생김새가 타원형으로 퍼져 있는 것이 언뜻 보면 거대한 눈과 같은 느낌을 주었다.

그런데 놀랍게도 그것은 착각이 아니었다. 무혼이 접근하자 동굴 속에서 이글거리는 거대한 홍채 같은 것이 섬뜩한 빛을 발하는 것이 아닌가?

'동굴의 눈이라? 쓸데없는 잔재주를 피우는군.'

무혼은 싸늘히 웃으며 서슴없이 동굴로 뛰어들었다. 그런데 조금 전 보였던 홍채는 그사이 흔적도 없이 사라져 버렸다.

"이런! 설마?"

무혼은 문득 낭패한 표정으로 동굴 깊숙한 곳을 향해 전력을 다해 들어갔다. 이전에 해치운 마족 지겔과 데세오처럼 카수스 역시 신상 마족이 있는 거대한 밀실이 존재했다.

그러나 무혼이 밀실 문을 박살 내고 들어간 순간 그곳은 텅 비어 있었다. 바로 조금 전까지 마족이 있었다는 마기의 미세한 흔적만이 공기 중에 남아 있을 뿐이었다.

드드드드드!

게다가 밀실은 무혼이 들어서자 기다렸다는 듯 무너져 내리기 시작했다. 무혼은 황급히 밀실을 거쳐 동굴 바깥으로 빠져 나왔다.

콰르르르!

급기야 동굴이 무너져 내리며 뱀의 머리처럼 뾰족하게 생긴 봉우리의 목이 툭 잘리듯 끊어져 산 아래로 굴러 떨어져 버렸다.

'내가 올 것을 미리 알고 대비하고 있었던 건가?'

게다가 그동안 무혼이 해치운 마족들과 달리 카수스는 무혼과 맞서 싸우지 않고 달아나 버렸다. 무슨 방법을 썼는지 아주 감쪽같이 사라져 버린 것이다.

'이런 식이라면 앞으로는 마족들을 해치우기 쉽지 않겠군. 최대한 은밀히 접근해야겠어.'

트레네 숲에 오크들을 보내 부하들을 죽인 원흉인 마족 카수스를 해치우지 못한 것이 무혼은 분했다. 그러나 이미 놓쳐 버린 사냥감에 아쉬워해 봤자 무슨 소용이겠는가?

'어쩔 수 없지. 다음 기회를 기약할 수밖에.'

무혼은 잠시 주변을 더 수색하다가 마기의 흔적이 느껴지지 않자 카탁시스 산을 떠났다.

"마스터, 이제 어디로 가시겠어요?"

"드래곤들이 있는 산으로 가기 전에 네가 말한 보물이 있다는 곳에 들러 보도록 하자. 어차피 그쪽을 지나가야 할 테니까."

곧바로 무혼과 실피는 오크 제국 중부에 위치한 고대의 보물이 숨겨진 장소로 향했다.

*   *   *

흑탑의 지하 마궁 입구의 마법진.

츠으으으!

흑색의 기괴한 문자들이 적힌 거대한 원형의 마법진의 중앙에 여섯 개의 팔을 가진 여성 오크가 나타났다. 몸의 치부를 훤히 드러내고 있는 나신의 여성 오크는 다름 아닌 마족 카수스였다.

마법진 앞에는 흑색의 로브를 입은 여마법사 라사라가

오연한 표정으로 서 있었다. 카수스는 라사라를 향해 무릎을 꿇었다.

"라사라 님! 놈이 나타나서 명령하신 대로 이곳으로 귀환했어요. 헌데 놈이 정말로 제가 상대하기 힘들 만큼 강한 능력을 지니고 있나요?"

"이리타, 세뷤, 트리스의 삼 형제가 당했어. 네가 그들 모두를 합친 것만큼 강하다고 보느냐?"

그러자 카수스는 충격을 받은 듯 몸을 떨었다. 그 세 마족들 모두가 카수스 그녀와 비등한 능력을 가진 상급 마족들이었기 때문이다. 그런데 한낱 인간 따위가 그들 모두를 상대해 이길 수 있는 능력을 가졌을 줄이야.

'다행이야. 만일 라사라 님의 명령을 듣지 않고 놈과 맞서 싸웠다면 큰일 날 뻔했어.'

라사라는 며칠 전 이로이다 대륙에 존재하는 모든 신상 마족들에게 명령을 내렸다. 신상이 있는 결계 근처로 접근하는 수상한 존재가 있으면 싸우지 말고 그 즉시 밀실을 폐쇄한 후 흑탑의 지하 마궁으로 귀환하라는 명령이었다.

이는 더 이상 마족들의 희생이 나오지 않게 하려는 의도였고, 그 첫 번째 귀환자가 바로 카수스였다.

한편 라사라는 카수스의 귀환을 통해 무혼의 현재 위치를 추정해 냈다.

'놈이 켈쿰에서 동쪽으로 간 줄 알았는데 오히려 북쪽

카탁티시 산으로 갔었다니! 놈의 목적이 카수스였단 말이군. 그렇다면 다음 목적지는?'

라사라는 무혼의 이동 경로가 변경되었다는 사실을 드래곤 로드 푸르카에게 즉시 전해 주었다.

＊　　　＊　　　＊

트레네 숲 중앙 하늘 호수.

매력적인 자줏빛 머리카락의 미소녀 루인은 호숫가에서 부친 알렌과 기사 탈룬의 수련 장면을 잔뜩 긴장한 표정으로 지켜보고 있었다.

본래 그들은 낮에는 적당히 낮잠이나 자고 빈둥거리기 일쑤였는데, 무엇 때문인지 얼마 전부터 그들은 먹고 자는 시간을 제외하고 거의 하루 종일 수련에만 몰두하고 있었다.

인페르노의 어새신들과 싸운 이후에도 그다지 수련에 몰두하지 않았던 알렌과 탈룬을 갑자기 수련광으로 만든 원인은 대체 무엇일까?

특히나 지금은 대련 시간이었다. 그것도 목검과 같은 수련용 무기가 아니라 진짜 무기를 들고 실전처럼 벌이는 치열한 결투였다.

당연히 그러다 보면 자연스레 상처를 입기 마련이었다.

루인의 역할은 상처가 심해지지 않게, 혹은 죽지 않게 재빨리 치료 마법을 펼쳐 주는 것이었다.

'하아! 정말 너무들 해.'

루인으로서는 정말 하기 싫은 일이었지만, 그녀가 적시에 치료를 하지 않으면 큰일이 벌어지게 된다. 사정없이 살점을 베어 내거나 뼈를 자르기도 하는 알렌의 손속에 불쌍한 탈룬이 자칫 죽을 수도 있기 때문이었다.

"하아앗! 받아라, 탈룬!"

"쿠헤헤헷! 덤비십쇼!"

알렌의 롱소드가 바람을 썽썽 가르며 목을 노리자 탈룬은 잽싸게 뒤로 물러나며 할버드를 내리쳤다.

창! 차캉!

롱소드와 할버드의 대결!

무기만으로 보면 할버드가 압도적으로 우위에 있지만, 롱소드를 든 알렌은 고바 제국의 소드 마스터였다. 따라서 오히려 폭풍처럼 뻗어 나가는 롱소드의 수많은 검영들을 탈룬은 막기에 급급할 뿐이었다.

창! 차카캉! 카카카각―!

결투는 더욱 치열해졌고, 롱소드의 속도는 더욱 빨라졌다. 급기야 탈룬의 오른쪽 팔뚝에서 피가 뿜어져 나왔다.

"크어억!"

"멍청한 녀석! 정신 똑바로 차려라. 그런 식으로 대체 언제 마스터가 될 테냐?"

"으으! 아이고! 여…… 열심히 할 테니 오늘은 여기까지 하면 안 되겠습니까?"

탈룬이 털썩 주저앉으며 죽는 소리를 하자 알렌은 롱소드를 거둔 후 인상을 찌푸렸다.

"쯧! 그따위 정신 상태로는 몬스터들에게 금세 따라잡힐 것이다. 너 그놈들 눈빛 봤지? 보통 놈들이 아니야. 정녕 몬스터들에게 형님 소리를 하고 싶은 것이냐?"

"으득! 안 됩니다. 절대 그럴 수는 없지요."

탈룬은 눈에 불을 켜더니 이를 악물고 일어났다.

"잠깐만요."

그때 루인이 잽싸게 다가와 치료 마법을 펼쳤다.

그녀가 들고 있는 스태프에서 하얀빛이 일어나 탈룬의 상처를 감쌌다.

화아악!

곧바로 지혈이 되며 상처가 아물기 시작했다. 언제 봐도 신기한 루인의 치료 마법이었다.

탈룬은 씩 웃었다.

"크헤헤헤! 고맙습니다, 루인 아가씨."

그러자 루인은 한숨을 내쉬며 말했다.

"아빠, 제발 좀 살살 하세요. 그러다 탈룬 경이 죽으면 어떻게 하려고 그래요?"

"흐흐! 이 녀석은 몸이 튼튼해 죽지 않을 거니 염려 마라. 그렇지 않으냐?"

"크헤헷! 맞습니다. 저야 아가씨께서 치료해 주시는데 설마 죽을 리가 있겠습니까?"

"글쎄요. 계속 이런 식이면 내일부터는 치료 마법을 절대 펼쳐 주지 않을 테니 그렇게 아세요. 죽든지 말든지! 흥!"

루인은 코웃음 치고는 그녀의 거처로 들어가 버렸다. 알렌과 탈룬은 움찔 놀라 루인을 달래려 뒤따르려다 문득 고개를 돌렸다.

'저놈들은?'

'아니, 저놈들이 또?'

알렌과 탈룬의 표정이 굳어졌다. 그들의 앞에는 거대한 동체의 몬스터들이 나타나 있었다. 오우거와 자이언트 오크, 미노타우루스 등 모두 이 숲의 초대형 몬스터들이었다.

저들이 알렌과 탈룬 앞에 모습을 드러낸 것은 이번이 처음이 아니었다. 며칠 전에도 한 번 모습을 드러냈었다.

당시 알렌과 탈룬은 초대형 몬스터들이 습격을 하는 줄 알고 깜짝 놀랐다. 비록 몬스터들이지만 모두 무혼의 부하들임을 알고 있기에 그런 그들이 습격을 가해 온다는 것은 있을 수 없는 일이기 때문이다.

그런데 다행히 몬스터들과 함께 나타난 한 명의 사내로

인해 그들의 목적을 알 수 있게 되었다. 베라카 왕국의 용병이었다가 무혼의 부하가 된 한스는 자신과 친구들이 알렌 등에게 가르침을 받으러 왔다고 정중하게 말했던 것이다.

놀랍게도 몬스터들이 나타난 것은 습격을 위한 것이 아니라 대련을 위한 것이었다. 몬스터들이 보기에 알렌과 탈룬이 상당히 강한 실력을 갖추고 있는 것 같아 한번 겨루어 보고 싶었던 모양이었다.

알렌과 탈룬은 이 무슨 흥미로운 일인가 싶어서 대결에 임했다. 초대형 몬스터들이 비록 괴력을 가지고 있다지만 소드 마스터, 그것도 상당한 경지에 이른 상급 소드 마스터인 알렌과 조만간 할버드 마스터의 경지에 이르게 될 탈룬을 당해 낸다는 것은 불가능한 일이기 때문이었다.

가장 먼저 용병 한스가 알렌에게 묵사발이 났고, 이어서 오우거 제리드, 미노타우루스 로드릭이 모두 나가떨어졌다. 그것은 아주 당연한 결과였다.

그러나 몬스터들은 온몸이 터져 나가도록 맞아도 다시 일어나 대결을 청했다. 자신들의 몸이 터져 나가고 만신창이가 되는 것을 두려워하지 않았다. 강자와의 실전을 통해 강해지고 싶은 가공할 투혼이 그들에게 존재했다.

특히 자이언트 오크 중 하나인 라개드라는 녀석은 그야말로 기가 질릴 만큼 무서운 투혼을 가지고 있었다. 당시 수십 번을 쓰러져도 다시 일어나 덤비는 녀석의 투혼에 감명을 받은 알렌은 한스에게 그 녀석의 이름을 물어봐 기억하고 있었다.

그러나 알렌과 탈룬도 투혼 하면 어디 가서 절대 뒤지는 인물들이 아니었다. 건방진 몬스터 녀석들이 두 번 다시 가르침을 핑계로 도전하지 않도록 그야말로 작신작신 만져주었다.

물론 그 과정에서 몬스터들의 투혼, 특히 라개드의 투혼에 감명을 받아 알렌과 탈룬도 미친 듯 수련에 몰두하게 된 것이었다.

그런데 그렇게 반 실신 상태가 되어 엉금엉금 기어갔던 녀석들이 또다시 나타날 줄이야.

그것도 거의 멀쩡한 상태로 회복되어 있었다. 특히나 라개드란 녀석은 며칠 전에 비해 더욱 강해진 듯 눈빛이 서늘하게 빛나고 있었다.

곧바로 오우거 제리드와 미노타우루스 로드릭이 험상궂은 표정으로 포효를 날렸다.

"오워워어! 여브며으랄! 한판 뜨자."

"크워허헝! 라비쓰랄! 오늘은 만만치 않을 것이다."

그러자 알렌과 탈룬의 인상이 험악하게 구겨졌다. 그들은 오우거와 미노타우루스의 말을 알아듣지는 못했지만 대충 분위기를 보고 무슨 뜻인지 감을 잡을 수 있었다.

"흐흐! 건방진 놈들! 적당히 만져 줬더니 우리가 만만해 보였나 보군."

"크흐흐흐! 그러게 말입니다. 두 번 다시 얼씬도 못 하도록 오늘은 제대로 지옥을 보여 주도록 하지요."

그렇게 그들이 다시 한바탕 대결을 펼치려는 순간이었다.

갑자기 잔잔하던 호숫가가 세차게 출렁이더니 거대한 여인 형상의 정령이 모습을 드러냈다. 다름 아닌 아르나였다.

"앗!"

"크워어!"

모두들 그 모습에 깜짝 놀랐다. 알렌 등은 자신들이 소란을 떨어서 물의 정령이 화가 난 것이라 생각했고, 그것은 제리드 등도 마찬가지였다.

그러나 실상 아르나는 그들의 소란 때문에 모습을 드러낸 것이 아니었다. 그녀는 잔뜩 굳어진 표정으로 호수 동편의 상공에 나타난 두 남녀를 노려보고 있었다.

〈다음 권에 계속〉

권용찬 신무협 장편소설

ORIENTAL FANTASY STORY & ADVENTURE

질주무왕

『신마협도』, 『철중쟁쟁』, 『용중신권』을 잇는 신무협의 정수!

권용찬 신무협 장편소설

『질주무왕』

만병을 다룸에 있어 당할 자 없고
몸을 씀에 있어 권, 장, 지, 각, 퇴, 경, 신
이 모두 천외천에 이르렀으니
세상에 이런 무인 없어 무왕이라 일렀다.

dream
books
드림북스

태제 현대판타지 장편소설
MODERN FANTASY STORY & ADVENTURE
최강신화
리버스 담덕, 역천의 황제, 파천의 군주
그리고 이어지는 태제의 야심작
『최강신화』
하늘의 후손이자 신시의 아들인 최강훈.
신화시대의 계승자가 되어 이 땅을 수호하게 된 그가
앞으로 선보이는 현대판 액션 활극에 주목하라!
dream books
드림북스

『흑사자』, 『적포용왕』의 작가!
김운영 판타지 장편소설

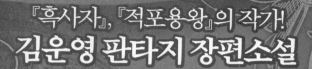

김운영 판타지 장편소설
FANTASYSTORY & ADVENTURE

TALES OF DRAGOON

용기사전

이제 세상에는 4명의 용기사가 존재한다.
새롭게 탄생한 용기사는 레이어스 왕국의 레빈!

dream books
드림북스

수라의 하늘

한수오 신무협 장편소설

ORIENTAL FANTASY STORY & ADVENTURE

정통 신무협의 보증 수표 한수오가 돌아왔다

현세의 지옥 유황도에서 보낸 십 년

그를 비정하고 더욱 비정하게 만든 건 누구의 세월이었다

이제 곧 수라의 하늘이 드리워질지니

세상 전체에 그림자의 땅이 도래하리라

dre
bo
드림